Os amantes de CASABLANCA

Tahar
Ben Jelloun

Os amantes de CASABLANCA

Tradução de Julia da Rosa Simões

L&PM EDITORES

Texto de acordo com a nova ortografia.

Título original: *Les amants de Casablanca*

Capa: Marco Cena
Tradução: Julia da Rosa Simões
Preparação: Mariana Donner da Costa
Revisão: Nanashara Behle

CIP-Brasil. Catalogação na publicação
Sindicato Nacional dos Editores de Livros, RJ.

B416a

Ben Jelloun, Tahar, 1944-
Os amantes de Casablanca / Tahar Ben Jelloun; tradução Julia da Rosa Simões. – 1. ed. – Porto Alegre [RS]: L&PM, 2024.
256 p. ; 21 cm.

Tradução de: *Les amants de Casablanca*
ISBN 978-65-5666-482-8

1. Ficção marroquina (Francês). I. Simões, Julia da Rosa. II. Título.

24-91454 CDD: Ma843
CDU: 82-3(64)

Gabriela Faray Ferreira Lopes - Bibliotecária - CRB-7/6643

Rua Comendador Coruja, 314, loja 9 – Floresta – 90.220-180
Porto Alegre – RS – Brasil / Fone: 51.3225.5777

Pedidos & Depto. Comercial: vendas@lpm.com.br
Fale conosco: info@lpm.com.br
www.lpm.com.br

Impresso no Brasil
Inverno de 2024

I

O CASAL

1

2016

Eles assistiram a *Cenas de um casamento*, de Ingmar Bergman. Eram jovens e apaixonados. Muito apaixonados. Acharam o filme forte e desesperado. Riram juntos. Tinham acabado de se casar e, com o fim dos estudos, entravam na vida ativa. Ele como médico pediatra, ela como farmacêutica. Seu pai lhe comprara a farmácia Derb Ghellef, em um dos bairros mais movimentados do centro da cidade, na medina de Casablanca. Ele assumira o consultório do tio, que tinha uma clientela fiel. A vida era fácil, o céu de um azul límpido e a paz reinava em seus mundos.

Eles riram ao fim do filme, convencidos de que aquilo nunca aconteceria com eles. Eles eram sólidos. Além disso, pertenciam a famílias em que não havia divórcios, em que a infidelidade era da ordem do inconcebível. A família era a base de tudo, nada acontecia fora dela.

Fez, de onde vinham seus pais, é a cidade da tradição e da autenticidade. Ninguém brinca com seus valores. Os naturais de Fez não se misturam e têm medo de mudança. Eles são conservadores. Casam entre si, frequentam uns aos outros. No início dos anos 1950, quando os negócios entraram em declínio, todos, ou quase todos, emigraram para Casablanca, onde recriaram não a cidade de Fez, mas seu espírito, seus costumes, seus modos de ser. E os negócios prosperaram. Os naturais de Fez não saem dos trilhos, não divagam, não dão espaço para a fantasia ou para a desordem.

Ele era moreno, alto, olhos puxando para o cinza, bastante atlético. As pessoas diziam que era "bonitão". Elegante, cuidava da aparência e se vestia sem tentar estar na moda. Era um homem simples cujas principais qualidades eram a gentileza e a cortesia. Instruído, tinha paixão pela cultura. Nisso, era diferente de seus colegas de estudos. O hábito da leitura lhe fora transmitido pelo pai.

Ela era pequena, bastante miúda, bem proporcionada, tinha a pele muito branca como a maioria das garotas de Fez, uma linda pinta na bochecha esquerda. Inteligente e determinada, era ambiciosa e o admitia. A cor de seus olhos variava, ora azuis, ora verdes. Seu corpo era esbelto. Ela também praticava esportes. Ler romances não era sua principal preocupação; ela preferia filmes ou séries românticas. Escolhia suas roupas com cuidado, se maquiava com discrição, desdenhava das marcas desde que folheara o livro de Naomi Klein, *Sem logo*. Ela dizia: "Sem tirania".

Eles se mudaram para um apartamento a meio caminho entre a farmácia e o consultório. Planejavam construir uma *villa* nos altos de Anfa, o bairro residencial burguês. Uma região de Casablanca em que os espaços verdes foram preservados. Anfa é uma colina que se eleva acima de toda a cidade e tem vista para o mar; as primeiras *villas* tinham sido construídas no início dos anos 1930, em estilo art déco mesclado com a arte tradicional do artesanato de Fez.

A vida sorria para eles. Eles gostavam de seus trabalhos e não desprezavam o dinheiro. As duas famílias se frequentavam e se admiravam. Os jovens noivos, vindos do mesmo meio, estavam satisfeitos. O apartamento era cuidado por duas mulheres, empregadas camponesas que trabalhavam com dedicação.

Dois filhos nasceram dessa união. Um menino e uma menina. Como disse a avó: "A escolha do rei!". Eles tinham amigos que se pareciam com eles. Todos eram casados, mais ou menos prósperos, com um pé na tradição e outro na vida moderna. Faziam jantares regados a álcool, menos quando o mês do Ramadã se aproximava. Eles respeitavam a religião, ainda que lhes acontecesse de perder algumas orações e de não rezar por vários meses. Tinham aprendido a beber com moderação, ao contrário de alguns amigos, que não sabiam parar. Mas desde o início do mês de xabã, anterior ao Ramadã, a abstinência era total. Nem uma gota de álcool.

Eles tinham seus hábitos, calcados nos de seus pais. Férias na Espanha; Marbella lhes convinha perfeitamente. De tempos em tempos, eles se ofereciam um passeio a Madri ou Barcelona para visitar o museu do Prado ou o museu Picasso. Eles adoravam Marbella, cidade muito prezada pela burguesia marroquina. Ela mais do que ele. Quando ela saía para fazer compras, ele aproveitava para ler. Ele adorava ler e não conseguia pegar no sono sem percorrer algumas páginas de um romance ou de um ensaio, clássico ou contemporâneo. Ele tinha a ambição de fazer com que a mulher lesse, uma maneira de diferenciá-la das marroquinas de Casablanca, que se interessavam sobretudo por moda.

Ele fazia concessões para agradar à mulher. Ela também estava disposta a fazer alguns sacrifícios, se esforçava para ler romances fáceis. Ela reconhecia, apesar de sua inteligência, que não conseguia se apaixonar por um livro. Era uma falha. Mas ela não conseguia se concentrar o suficiente. Durante uma viagem de Casablanca a Fez, onde eles assistiriam ao casamento de uma prima, o marido lhe ofereceu um audiolivro: baixou-o em seu celular e ela o ouviu enquanto ele dirigia. Era um romance de Naguib Mahfouz traduzido do árabe. Ela gostou desse conto de fadas dos tempos modernos. Na volta, ele a fez ouvir *O amante*, de Marguerite Duras. Esse tipo de iniciação a alegrava. Ele era atencioso e ela lhe era grata por preencher essas lacunas.

Eles se amavam. Em nome desse amor, eles se aceitavam e faziam planos para o futuro.

A *villa* levou três anos para ser construída. Um parente lhes dissera: "Se quiserem conhecer um país por dentro, se quiserem se deparar a todo momento com o absurdo e o irracional, o desânimo e a raiva, o estresse e o cansaço, a mesquinharia e a feiura, a face oculta das pessoas, então construam uma casa. Essa é a melhor maneira de ter uma ideia concreta de um país". Eles de fato tiveram problemas de todo tipo na obra. O empreiteiro, um homem sério, aliás primo da mulher, arrancava os cabelos por causa dos marceneiros, dos encanadores, dos eletricistas. Esses acidentes de percurso são bastante conhecidos, seria possível escrever um livro a respeito. Mas tudo sempre acaba se resolvendo. Eles diziam: "Assim é o Marrocos! Temos um monte de problemas, mas o milagre acontece no último minuto. Tudo se resolve, é preciso ter paciência, a paciência de Jonas!".

As crianças estavam matriculadas na escola particular Louis-Massignon. Sistema educativo da Missão Francesa, muito apreciado pela burguesia de Casablanca. Em casa, falava-se árabe misturado com francês. A televisão estava sempre sintonizada na França. Tudo ia bem nessa pequena família-modelo. Como dizia o pai da farmacêutica: "O mundo está em paz e o céu sem nuvens". Ele repetia em árabe: "*Dounia Hanya, we Sma safia*".

As nuvens chegaram depois do décimo aniversário de casamento. Por causa de uma desconfiança. Ela desconfiava que ele tivesse aventuras, principalmente com uma certa vizinha cujos filhos ele tratava e que acabara de se divorciar. Pequena briga clássica. Ele conseguiu convencê-la de que era fiel. Jurou inclusive sobre o Alcorão que ficava em sua mesa de cabeceira. Ela acreditou e pediu desculpas. No dia seguinte, voltou à carga:

– Você sabe que sou ciumenta, muito ciumenta. Minha prima Naima me disse que isso é prova de amor. Mas você pode me contar tudo, sou capaz de aceitar tudo, o que não suporto é a dúvida, essa inimiga do sono. Então, vai me contar? Quando vocês se encontram, e onde?

– Pare com isso, só vejo essa pobre mulher no consultório, com o filho epilético!

– Confesse que gosta dela... Ela tem seios bonitos, sei que você adora seios bonitos. Confesse.

– Não tenho nada a confessar. E pare com esse interrogatório. Sou um marido fiel.

Na primavera de 2016, eles convidaram os amigos para um piquenique na casa de campo de um tio. Cordeiro assado, champanhe, vinhos, frutas exóticas, sorvetes e sorbets. Uma festa entre amigos em um cenário suntuoso. Risadas, alegria, leveza. Havia o solteirão empedernido que passara dos quarenta, Hakim Walid, arquiteto. Havia os irmãos e as irmãs da esposa, todos estudantes e prestes a se casar com alguém do mesmo meio. Havia os tios e as tias, nem um pouco chocados em ver os filhos bebendo vinho. Um tio chegou a intervir para lembrar: "O álcool não é proibido pelo islã. O que é proibido é a embriaguez, o fato de ficar bêbado a ponto de perder o controle de seus atos. Beber, sim, moderadamente, e sem ficar embriagado – o islã não é contra!". Seguiu-se uma discussão acalorada sobre o assunto. Outro tio lhe respondeu:

– Sim, o que é proibido é a embriaguez, mas nós, marroquinos, gostamos de beber até ficar bêbados; é uma maneira errada de consumir álcool. Vamos ao menos tentar ser razoáveis.

Mais um tio interveio:

– A melhor maneira de não ficar bêbado é se contentar com limonada.

– Sim, é ótima para o diabetes...

Foi depois desse fim de semana que algo aconteceu.

2

Ele estava jogando no celular. Ela arrumava o quarto antes de ir ao banheiro. Ele estava absorto em um desses jogos para adolescentes. Dizia que isso o relaxava; quando não estava lendo, ajudava a induzir o sono. Ela demorou para se arrumar naquela noite. Ele a chamou várias vezes. Quando ela saiu, ele viu que ela tinha chorado. Seu rosto estava vermelho.

– O que foi, querida?

– Nada.

– É incrível, as mulheres sempre dizem que não foi nada quando perguntamos.

– É minha amiga, minha amiga de infância, acabam de descobrir que está com câncer de mama.

– Ah, entendo. É terrível, mas existe tratamento para esse câncer...

– Sim, mas está em estágio avançado... Vou tomar um sonífero.

– Eu também. Mas antes vou ler algumas páginas de *Os olhos de Elsa*, de Aragon. Aragon como homem não era muito confiável, sabe, ele era comunista, stalinista, mas ainda é o melhor poeta do século XX na França.

Ela não queria saber de Aragon. Estava chorando porque sua melhor amiga estava gravemente doente.

A mesma cena se repetiu nas outras noites da semana. Ela se trancava no banheiro e saía chorando. Ele a abraçava e a consolava. Ela dizia: "É a vontade de Deus, mas por mais que eu tenha fé, não suporto esse tipo de injustiça!".

Algumas semanas depois, a amiga em questão apareceu com o filho de seis anos para uma consulta. Problemas respiratórios, talvez um início de asma. Ele aproveitou para perguntar sobre sua saúde.

– Tudo bem, estou muito bem, é meu filho que me preocupa...

– Você não teve problemas de saúde recentemente?

– Deus me livre! Por que pergunta?

– Minha mulher disse que você parecia abatida...

– Não, fiquei um pouco cansada depois de participar do Rallye des Gazelles, mas é normal, é exaustivo. Fomos para Dakhla, é magnífico. Você precisa planejar um fim de semana lá com sua mulher, vocês vão gostar. De resto, estou em plena forma, bata na madeira!

À noite, ele não mencionou nada à mulher. Mas a observou com um olhar apreensivo. Na cama, quando se aproximou dela para fazer amor, ela disse estar com dor de cabeça e o afastou. Ele tinha por princípio manter a calma e fazer de tudo para evitar conflitos, tanto na vida conjugal quanto no trabalho.

Ele desligou o celular, abriu *A insustentável leveza do ser*, de Milan Kundera. Era seu livro fetiche. Dele tirara seu lema: "Só poder viver uma vida é como não viver nenhuma". Mas ele estava longe de acreditar nisso. Sua vida estava traçada e nada podia desviá-la de seu caminho.

No dia seguinte, ela fez as malas e anunciou:

– Preciso me encontrar, vou passar alguns dias na casa de meus pais. Preciso me afastar um pouco... embora me afastar não seja realmente um luxo que eu possa me permitir. Você não fica zangado comigo?

– Não, minha querida. Vá descansar, você parece cansada, tem trabalhado demais ultimamente. Mas não entendo por que a doença de sua amiga a obriga a se afastar. Se afastar do quê?

– Não seja desagradável, é só uma maneira de falar. Só preciso mudar de ares.

Ele abaixou a cabeça e repetiu, como se falasse consigo mesmo: "Se afastar... Mas por quê? O que está acontecendo? Mantenha a calma. É a regra". Ele entrou no banheiro, tirou a pressão e se pesou. Estava tudo bem. Só precisava perder um ou dois quilos. Ele pensou: "É culpa da minha mulher, ela adora meus pneuzinhos".

Uma ponta de angústia pairava no ar. Por que ela estava mentindo? Sua amiga não estava doente. O céu não estava tão claro assim, portanto. Havia mentiras no ar. Maquinações. Coisas obscuras.

3

O acaso fez com que a melhor amiga voltasse ao pediatra, dessa vez com outro filho. Ela percebeu que ele não estava à vontade. Ele gaguejava, se corrigia, hesitava. No fim, ele acabou perguntando:

– Me diga uma coisa, você que é tão próxima de minha mulher, está sabendo de algo? Ela foi descansar na casa dos pais, é a primeira vez que passamos por uma crise, mas não tivemos nenhuma briga, nada, ela apenas chorava com frequência, trancada no banheiro, e quando a questionei ela mencionou você e sua suposta doença. Sei que ela está mentindo, que está escondendo alguma coisa, será que você saberia de algo que...

– Ah, meu amigo, nunca me intrometo na vida conjugal dos outros. Sinto muito.

Naquela noite, a esposa voltou. Ela parecia descansada, mas algo havia mudado em seu comportamento. À noite, depois de colocar as crianças para dormir, ela se fechou por um bom tempo no banheiro e saiu com os olhos vermelhos. Depois fez um café e ofereceu um ao marido, sabendo muito bem que ele não bebia café, muito menos depois do jantar.

– Você deveria beber um, e bem forte, porque vai precisar.

– É mesmo? Que Deus nos traga boas notícias.

– Deus não tem nada a ver com isso. Ele não é entregador de correspondência.

– Muito bem, sou todo ouvidos.

Silêncio, lágrimas.

– Ele me deixou... e eu vou deixar você.

Silêncio.

– Ele não quer mais me ver... Estou perdida sem ele... Ele me deixou... e eu vou deixar você.

– Está falando de quem? Bem, não vou me fazer de idiota, já entendi, você tem um amante e ele acabou de abandonar você, é isso?

– Aconteceu sem querer, não planejei nada, entende, eu não queria mas acabei me apaixonando por ele, me apaixonando loucamente, e então, seis meses depois, ele me deixa, é injusto! Eu deveria ter contado a você, mas pensei que era uma aventura passageira, um caso sem importância, um fogo que logo se apagaria. Não foi nada disso. Estou arrasada, humilhada.

– Injusto? Você consegue se dar conta do que está dizendo?

– Não grite, por favor... Sim, ele me dispensou como se eu fosse um lixo, estou falando com você como com um irmão e você sabe o quanto te amo, mas você também sabe que em dez anos de vida em comum o amor se desgasta. Sinto muito, tentei fazer com que entendesse, mas você estava totalmente fechado, para você tudo está garantido para sempre. Você tem seu trabalho, sua mulher, sua casa, seu carro, seus filhos, seus amigos e tudo deve seguir assim. Mas não. Um grão de areia entrou nessa engrenagem.

– Um baita grão de areia, um enorme grão de areia... Uma pedra!

– Eu disse que sinto muito.

– Mas o que eu fiz de errado?

– Nada. Você dormiu sobre nosso amor e o apagou, você o sufocou com hábitos e rotinas. E eu precisava ser surpreendida, maravilhada, amada de outro modo. Eu precisava me sentir viva.

– Foi por isso que assinou aquelas revistas femininas?

– Sim, talvez. Também me inscrevi em aulas de yoga, de ginástica. Eu precisava de ar. Ar, sim senhor, eu precisava de ar. E você com os imutáveis almoços de sexta-feira na casa de seus pais, e com a jelaba branca que veste como se quisesse fazer com que os outros acreditassem que vai rezar na mesquita, e com os pequenos hábitos desprezíveis como elogiar a cozinheira de seus pais como se ela fosse uma pérola, você é pesado, muito pesado. Foi seu peso que me atirou nos braços de outro homem, sim, traí você por causa do que você se tornou, um homem pesado, previsível, sem brilho, sem humor... Um homem regrado, acomodado, sem imaginação...

Ele se esforçou para manter a calma e, acima de tudo, não gritar.

– E você não fica com a consciência pesada?

– Não, não fico com a consciência pesada. Mas com uma sensação de liberdade renovada. Me esbaldei nos braços desse homem, mesmo ele sendo um pouco sacana, levemente canalha. Ele me fez sentir viva, ele me revelou a mim mesma e depois me deixou. Agora choro, e se você decidir dar um fim a nossa relação, terá razão. Estou pronta.

– Não inverta os papéis! Não é porque me esforço para manter a calma que deve acreditar que não estou furioso.

– Justamente, isso é muito você, caramba! Você me irrita. Fique furioso, quebre os vasos, tome decisões... Acorde! Nosso casamento deu errado. Você não percebe, mas eu estou dizendo que deu errado e posso provar. Já não o desejo. Já fingi demais. Faz muito tempo que fazer amor com você se tornou um sofrimento. Você não percebeu nada. Todos os sábados, você tomava um banho e esse era o sinal. E eu, estúpida e submissa, ia para a cama e o deixava fazer. Você ejaculava rápido, como um adolescente. Eu não dizia nada. Entrava no banheiro, e às vezes chorava. Então você pegava no sono igualmente rápido e roncava, com o sorriso satisfeito do homem que cumpriu seu dever semanal. Caramba, mereço mais do que essa vidinha ordenada, que fede a naftalina e tristeza! Em público, éramos um casal que combinava. Eu não dizia nada, não me queixava. Agora chega. Parei. Quero o divórcio. De todo modo, não há mais nada entre nós.

– Além de me trair, você me ataca, diz coisas que me machucam. Você é cruel e, já que quer o divórcio, vai sofrer.

Depois de um longo momento de silêncio, ele voltou à carga como se tivesse acabado de acordar. Seu tom é diferente, firme e determinado.

– Recapitulando: ele a deixou e por isso você vai me deixar, é isso?

– Sim, é isso. E eu o amo.

– Desde quando?

– Não é uma questão de tempo. Aconteceu, ponto. Não posso fazer nada.

– Mas éramos felizes, nós dois, não?

– Sim, talvez...

– E você vai morar com ele?

– Ele me deixou, você não entende?

– Não entendo nada. Por acaso vestiu esse casaco porque tem medo de apanhar? Você sabe que nunca levantei a mão para você ou para qualquer mulher. Por quem me toma?

Silêncio. Ela baixa os olhos.

– Ele trepa bem?

– Chega!

– Responda à minha pergunta: ele é bom de cama?

– É.

– Melhor que eu?

– É diferente. Ele é mais carinhoso, mas atencioso...

– O que quer dizer mais carinhoso? Alguma vez desrespeitei você?

– Sinto muito por nós dois.

– Não diga isso. Não me venha com frases estúpidas como "não mereço você; você é bom demais para mim...". Você tomou um bom banho depois da boa trepada?

– Você é grosseiro!

– Você tomou banho para tirar o cheiro dele, é isso...

– Eu sei, sou culpada, por isso vou embora.

– Mas nos amávamos...

Silêncio. Ele coloca as mãos no rosto. Talvez esteja chorando. Ela vira as costas para ele. Então ele grita:

– Você gozou?

– Aonde quer chegar?

– Tenho o direito de saber, quero saber tudo, todos os detalhes!

– Gozei, várias vezes, inclusive.

– Como?

– Ele colocou a língua na minha vagina e me chupou bastante... Depois, me penetrou e fizemos amor.

– Como? Ele por cima ou você por cima?

– Pare! Por que quer tanto saber?

– Porque sou um como um animal ferido, não sei o que fazer com meus ferimentos. Sou um homem simples e quero saber tudo nos mínimos detalhes. Fale.

– Fizemos o que um homem e uma mulher fazem quando se amam.

– Gostou de colocá-lo na boca? Gostou que ele tenha gozado em sua maldita boca?

– Sim, sim!

– Que gosto tinha?

– Gosto de fruta!

– Ah, bom! Agora tudo faz sentido. Suma daqui. Não se aproxime mais de mim. Vá para junto dele, ele ainda tem muito que fazer com esse seu lindo rabo.

Silêncio. Ninguém se move.

Ao longe, ouve-se um cachorro latindo.

4

Depois disso, o marido sentiu tudo desmoronar sob seus pés, a casa, o consultório, os planos, os conhecidos. Restavam-lhe os filhos – mas ele ainda precisaria lutar para ficar com eles. E, como último refúgio, sua família, principalmente seus pais.

O fracasso era como um vendaval vindo de longe para levá-lo embora. Ele já não falava, seu corpo todo tremia enquanto ela fazia as malas. Ela tinha uma energia particular. Ele se perguntava como aquela mulher tão frágil podia demonstrar tanta determinação. Ela havia mudado de atitude, seu rosto estava fechado, duro. Ele não a reconhecia.

Por mais que dissesse a si mesmo que o ser humano fundamentalmente não mudava, ele estava surpreso com a imagem daquela mulher decidida, sem remorsos, que fazia uma limpa no casamento deles. Ela pegou *Bela do senhor*, que lera pela metade, e o enfiou na bolsa. Depois o tirou e o guardou em uma prateleira. Não era o momento, não estava com vontade de ler.

Ele estava ali, sentado na beira da cama. Impossível fazer ou dizer qualquer coisa. Ele era fraco ou orgulhoso? Ela havia provocado aquilo tudo, e quanto mais ela se impunha, quanto mais ela lhe dizia horrores, menos ele se sentia capaz de reagir, gritar ou quebrar coisas. Ele estava arrasado. Reduzido à condição de pano de chão.

Sua esposa, a mulher de sua vida, seu único amor, o abandonava, e ele soube instintivamente que não poderia fazer nada para impedi-la. Ele a observava ocupada e aguardava sua partida. Mulher adúltera, traidora e acusadora.

Ele se lembrou que, no filme de Bergman, era o marido que tinha um caso e abandonava a mulher, que se agarrava a ele para detê-lo. Era patético. Ele nunca imaginou que um dia se veria na mesma situação de Marianne. Pensava que os tempos tinham mudado. Que a vida conjugal era problemática tanto num país muito democrático, onde a mulher tinha os mesmos direitos que o homem, como a Suécia, quanto no Marrocos de Mohammed VI, que reformara o Moudawana, o código de família, que conferia à mulher o direito de pedir o divórcio em pé de igualdade com o homem.

Em todos os casos, o sofrimento é o mesmo.

Marianne chorava. Ele tinha as lágrimas secas, trancadas internamente. A dor o atingia no estômago. Ele se lembrou de uma declaração de Jacques Brel: "Um homem que não chora não é um homem". Ele pensou: "Aqui, isso não é possível, eu seria considerado um zero à esquerda; só choramos nos enterros dos entes queridos".

Naquele dia, foi impossível ir ao consultório. Ele cancelou seus atendimentos, tomou um calmante e decidiu dormir o máximo possível.

Conversar? Não adiantava nada.

O que fazer quando não existe mais amor?

Aceitar. Sim, adotar a sabedoria de um ancião, embora ele tivesse acabado de fazer quarenta anos. Como os outros faziam? Como eles reagiam? Ele se lembrou de um amigo, abandonado pela mulher por outros motivos. Ele tinha encontrado outra mulher no mês seguinte. Mas ele não tinha a menor vontade de substituir aquela que amava. Ele sempre detestara o ditado "uma perdida, dez encontradas". Ridículo. O amor é algo que se constrói, se consolida, se torna uma segunda pele. Não podemos retirá-la para substituí-la.

Ele se lembrava da época feliz em que a mulher e ele se divertiam com o jogo do retrato.

Ele: Sou jovem, dinâmico, apaixonado por minha mulher, sexy e tenho olhos bonitos.

Ela: Sou jovem, sim, isso não é uma qualidade, é um dado; dinâmica, sim, muito dinâmica; apaixonada por meu marido, sim, eu não diria loucamente, mas ainda assim apaixonada; sexy, acho que tudo em mim exala atração, mas eu me controlo; quanto a meus olhos, às vezes eles são azuis, às vezes verdes...

Ele: Acrescento que sou modesto, mas não cabe a mim dizer. Você esqueceu de mencionar o quanto é ambiciosa. Gosto disso em você. A seu lado, é impossível se entediar.

Ela: E se eu traísse você?

Ele: Eu morreria. Digo isso porque sei que nos amamos e que você nunca faria uma coisa dessas.

Ela: Sim, mas acidentes acontecem; é o tipo de coisa que não se pode prever.

Ele: Não se pode prever, mas acontece, como diz a música, acho que de Barbara. Mas é preciso fazer um esforço. Se não quisermos que aconteça, não acontece. Tenho certeza.

Ela: Não tenho certeza nenhuma. Mas sei que vou fazer de tudo para não machucar você.

Essa lembrança o comoveu.

Naquela sexta-feira, ele foi à casa dos pais sozinho. Os filhos estavam na escola. Ele precisava de uma desculpa para justificar a ausência da esposa. Ele hesitava. Dizer a verdade ou contar uma mentira, do tipo "ela está com o pai doente...".

Dizer a verdade. Boa escolha.

Mas quando e como? Ele precisava de um roteiro. No filme, a família do casal não intervinha, ou muito pouco. No Marrocos, porém, a família participa de tudo. O indivíduo não conta. Os pais têm opinião sobre tudo, até sobre a cor das cortinas. É assim. Ele aceitava esse estado de coisas. Não tinha nenhuma vontade de mudar a sociedade. Ele só queria uma maneira de sair daquele calvário sem sofrer demais. Será que devia consultar o amigo psiquiatra e começar uma terapia? Não, isso exigiria tempo. Ele queria se curar imediatamente, esquecer aquele amor e seguir em frente. Foi exatamente o que sua mãe lhe aconselhou:

– Eu sabia que um dia ela o trairia. Eu sabia, tenho faro e, aliás, esqueceu da história com seu primo?

Antes do casamento, o primo orbitava em torno dela. Ela não o afastara. E o deixara com esperança, embora estivesse preparando seu enxoval. Ele tinha esquecido aquele episódio.

O pai não disse nada. Ele pegou o filho pela mão e o levou para dar uma volta no jardim. Depois de um longo silêncio, ele se apoiou em seu ombro e lhe sugeriu aceitar o que estava acontecendo: "O crente está predisposto ao infortúnio, ele é testado por Deus; aceite sua dor com paciência e tente descansar. Ah, você pode ir meditar na mesquita, onde eu o levava quando era pequeno... Isso vai apaziguá-lo, tenho certeza; Deus, no entanto, nos advertiu a respeito das mulheres, um versículo diz mais ou menos o seguinte: sua capacidade de causar dano é enorme!". Mas ele não tinha a menor vontade de entrar numa mesquita, nem de acusar todas as mulheres de manipulação.

À noite, ele voltou para casa e agiu como se nada tivesse acontecido. Jantou com os filhos, dizendo que a mãe deles tinha viajado por alguns dias. Não queria preocupá-los. O mais velho o pegou desprevenido:

– Mamãe foi embora porque quer se divorciar.

– Claro que não.

– Claro que sim, papai, você acha que somos bobos? Já entendemos tudo. Sejam legais, não nos envolvam em seus problemas. O colégio tem um monte de crianças com os pais divorciados. Está na moda!

A filha começou a chorar. Ele a consolou, garantindo que nada mudaria.

Para dormir, calmante e sonífero.

Ele decididamente precisava conversar com alguém. Telefonou para Hakim, seu melhor amigo, o arquiteto que construíra a casa deles.

5

Hakim chegou com uma garrafa de vinho e alguns charutos.

– Não vamos celebrar o que está acontecendo, mas desafiar o que está acontecendo! Beber moderadamente, fumar um bom havana, e depois falar dos jardins de Kyoto, da Alhambra, das fontes de Fez, vamos esquecer os problemas. De todo modo, não existem garantias contra o fim de um casamento. Ele acontece, só isso. Agora você entende por que sou solteiro... Solteiro, mas nunca sozinho.

Ele estava devastado. Aquelas palavras não tinham efeito algum sobre ele, embora ele não ousasse se opor ao programa do amigo. Ele sabia que precisava reagir, não se deixar abater, evitar a depressão que o ameaçava. Ele batia o calcanhar no chão como se quisesse se impulsionar do fundo de um poço ou de um mar profundo. Sim, a vontade de seguir em frente existia, mas ainda era cedo demais.

Ele confessou ao amigo que não conseguia mais ficar de pau duro.

– É passageiro, efeito do choque, normal. Você é médico, deveria conhecer esse tipo de reação. Vai voltar, como nos bons velhos tempos.

A cozinheira preparou para eles um pouco de tagine com almôndegas de carne moída e ovos. O vinho era bom e o charuto também. A conversa logo mudou de rumo, pois o arquiteto falava de seus projetos em Granada e de sua vontade de voltar às terras de seus ancestrais, ao passo que ele só queria uma coisa, dormir e parar de pensar na mulher. Mas era impossível.

Ela telefonou por volta das dez horas da noite. Queria marcar uma reunião para a partilha dos bens. Ele não estava pronto para aquilo. Ele pediu uma trégua, ela aceitou adiar o encontro para a semana seguinte. Ele ouviu a palavra "advogado" e fingiu não entender.

Hakim lembrou que a nova Moudawana permitia à mulher pedir o divórcio através de um advogado, para defender seus direitos. Mas ele não tinha a menor vontade de privar a esposa do que lhe era devido. Ele descobria uma nova mulher, determinada, uma mulher de negócios que não se deixaria enganar. No fundo, ele a admirava. Provavelmente a teria admirado ainda mais se ela não tivesse estragado tudo com uma traição.

Ele mencionou o filme de Bergman ao amigo.

– Outra época! No filme, é o marido que se apaixona por outra mulher, e é a mulher que sofre.

– Sim, é normal que hoje a mulher marroquina, principalmente quando trabalha e é financeiramente autônoma, decida reivindicar sua liberdade. A época da mulher submissa no lar não existe mais, nem entre os mais pobres. Todo mundo trabalha, ama, odeia, trai, se divorcia ou decide perdoar. Este é o Marrocos de hoje. É cada vez mais comum haver renovação nos casamentos. Ainda que existam, é claro, islamistas que puxam tudo para o obscurantismo e não deixam à mulher nenhum campo de ação. O país é assim, metade aspira à modernidade ocidental, metade está presa às velhas tradições impregnadas de retrocesso e dominação masculina. Mas isso está mudando, é claro que está mudando, mais rápido do que parece.

Ele ousou acrescentar: "E eu sempre fui feminista!".

– E daí? Isso não o protege da traição; poderia ter sido você, por falta de sorte acabou sendo ela. O amor é uma maldade, por isso nunca me casei. Recebo em casa garotas bonitas, magníficas, disponíveis. Levo uma vida de homem livre e mimado; sei que a maioria quer e espera se casar comigo. Mas pendurei na porta de meu quarto a famosa frase de Tchékhov: "Se você tem medo da solidão, não se case". Elas são avisadas. Não quero me comprometer num relacionamento longo e complicado. Gosto de leveza. Azar se às vezes fico melancólico. Quando isso acontece, vou à casa de minha irmã, que é casada e tem três filhos incríveis: dou um pequeno mergulho na vida familiar e volto para casa bem feliz para aproveitar minha solidão. Sim, é verdade, algumas noites são difíceis. Quando preciso de companhia, de um pouco de calor, estico a mão e a coloco no quadril da mulher que estiver a meu lado. Nessas horas, confesso que a tristeza me domina, mas nunca por muito tempo.

– Você sabia do caso dela com esse cara?

– Escute, não adianta nada ficar remexendo nessas coisas. Sim, eu sabia e não lhe disse nada, pensei que era apenas uma aventura, e eu também não tinha certeza. Um dia, vi os dois saindo de um supermercado com sacolas cheias de mantimentos. Eles estavam rindo. Eu me perguntei aonde estariam indo com tudo aquilo. Tive dificuldade de acreditar que ela estaria indo para a casa dele. Outra vez, passei na farmácia porque precisava de um remédio e tinha perdido a receita; pensei que ela poderia me ajudar. Foi quando me disseram que ela não trabalhava no turno da tarde. Fiz a conexão. Mas eu tinha minhas dúvidas. E me incomodava ter que dar a você uma notícia tão ruim, sobre a qual eu sequer tinha certeza.

– É isso a amizade para você? É isso uma amizade de vinte anos? Você sabia e não me contou? Devia estar rindo escondido. Ah, o corno! Gostou de saber, não é mesmo, que seu melhor amigo estava sendo traído... Vamos, suma daqui, você é como os outros.

– De jeito nenhum. Fiquei chocado e não quis sobrecarregar você. Pensei que fosse um caso passageiro, nada sério. Bom, vou embora, me ligue quando quiser.

Ele se fechou no quarto e tentou dormir. Imagens da mulher nos braços de outro homem o atormentavam. Ele a via em todas as posições do *Kamasutra*, livro que estava jogado em um canto de sua biblioteca. Ele admitia que não era um campeão do sexo. Posição papai e mamãe. Pouca fantasia. Estava convencido de que era por causa disso que ela se envolvera com outro. Ele se culpava. A biblioteca tinha outro livrinho em árabe, *O jardim perfumado*, do Xeque Nefzaui, um manual de sexologia escrito para um jovem príncipe. Como todos os marroquinos, ele o lera quando jovem. Várias vezes se masturbara pensando nas posições descritas de forma explícita pelo Xeque. Ele se levantou, pegou o livro e o folheou. Aquilo o distraía. Ele sorriu ao se lembrar como aquelas páginas amareladas pelo tempo tinham circulado entre seus irmãos, seus primos e ele. Por enquanto, seu pau estava adormecido. Ele foi até o banheiro, tentou reanimá-lo. Nada. Outra angústia. Ele pensou: "Dupla catástrofe". Tomou um banho quente, seu corpo relaxou. No entanto, ele via por toda parte imagens da mulher nua nos braços de outro homem. Ele a imaginou rindo, gemendo e gozando, imaginou poder agarrá-la e mantê-la em seus braços. A névoa em seus pensamentos o fazia imaginar coisas absurdas. Ele saiu da banheira cambaleando, quase caiu, se segurou na maçaneta da porta e tentou se acalmar. Tomou um lorazepam, sabendo que esse tipo de remédio tinha efeitos colaterais indesejáveis. Eles foram catastróficos. Sua mulher ria às gargalhadas e lhe dizia coisas maldosas. Ela simulava o ato sexual com o amante e dizia: "Veja como se trepa com uma mulher que gosta de trepar!". Sua imagem ia e vinha num turbilhão insuportável. Ele nunca deveria ter engolido aquele comprimido. Tentou vomitar, mas não conseguiu. Vestiu uma roupa esportiva e foi correr pelas *villas* de Anfa. A noite estava estranha. As pessoas que passavam por ele tinham o ar esquisito, como se estivessem à par do que acontecia com ele. Ele cobriu a cabeça e voltou para casa.

6

Ela chegou em uma manhã de sábado. As crianças estavam na casa dos avós, onde tinham conversado sobre a atitude a adotar naquela situação. O filho era a favor da neutralidade, a filha queria intervir para reconciliar os pais.

O marido a esperava, angustiado, sem saber como se comportar. A raiva, a violência – ele não era capaz disso – ou a diplomacia, a calma e o "faz de conta que nada aconteceu", uma espécie de hipocrisia bastante comum na sociedade. "Faz de conta que nada aconteceu", ele pensou. "Veremos depois; tenho a sensação de estar às vésperas de uma prova final; sinto um nó no estômago..." Ele se perguntava como aquela mulher tão pequena era capaz de perturbar seu corpo e sua mente. Ela tinha uma vontade inabalável. Ela sabia o que queria e não se arrependia de nada.

Vestida como se estivesse indo para uma festa, maquiada, levemente perfumada, ela se acomodou na sala e pediu à empregada que lhe servisse um café forte. Enquanto ele se arrumava no banheiro, ela observou o que havia mudado. Ele havia retirado as fotos do casamento e das viagens deles. Havia deixado as fotos das crianças.

Eles se cumprimentaram com um beijo na bochecha. Ele se sentou na frente dela e esperou que ela começasse a falar.

– Como você está?

– Estou bem. Contratei um personal trainer para vir em casa, perdi dois quilos em um mês...

– Que bom. E o consultório?

– Confesso que negligenciei meus pacientes por um tempo, mas agora está tudo bem, vou todos os dias e às vezes fico até tarde da noite. Não gosto de voltar para casa quando ninguém está esperando por mim. A quarta-feira sempre é um dia muito cheio, porque as crianças não têm aula. Trabalho bastante. Tento esquecer o que está acontecendo conosco trabalhando o tempo todo. É uma maneira de seguir em frente. E você, está morando onde enquanto isso?

– Com uma amiga.

– Confesso que há momentos em que é difícil...

– E ainda tem as crianças.

– Sim, tento tranquilizá-las. Mas elas sentem tudo, entendem tudo. Não devemos envolvê-las em nossas histórias. Aliás, elas estão a par de tudo. O menino encarou a situação com realismo, a menina chorou. Informo isso a você para que não fique surpresa. Mas duvido que a situação não deixe nenhuma marca em suas vidas.

– Bem, como você quer proceder?

– Está falando sobre o divórcio?

– Sim. Você me perguntou se devíamos ter o mesmo advogado, e hoje respondo depois de pensar bem: cada um com seu advogado! Escolhi o sr. Oufir. Você o conhece, o marido de Samia, minha prima que também é tabeliã. Precisaremos dos dois.

– Está bem. Mas me diga uma coisa, com seu amante é melhor do que comigo? Preciso saber.

– É diferente. Não quero magoar você, mas sexualmente foi uma descoberta para mim, ele me libertou, sou outra pessoa, ele conhecia meu corpo. Eu não sabia que era capaz de sentir tantos prazeres diferentes.

Essa informação quase lhe causou um mal-estar. Ele bebeu um copo d'água, respirou fundo e disse:

– Sim, é um especialista, só tem isso para fazer, sua cultura é o sexo...

– Não fique com ciúmes. O casamento mata o desejo, você sabe disso.

– Talvez, mas eu não pulei a cerca.

– Bem que gostaria, mas já não tem o que é preciso para isso...

– Você se tornou maldosa.

– Não, digo verdades. Não nos iludamos.

– Verdades que ferem! Me conte como foi entre vocês, quero saber tudo, todos os detalhes, quantas vezes, os orgasmos e tudo, tudo... Primeiro, quanto tempo a relação de vocês durou?

– Por que está gritando?

– Estou gritando porque cansei de me conter, de agir como um cara civilizado, como um sueco que suporta tudo sem reagir, esqueço que sou marroquino, que meu sangue é quente e que nem deveria estar falando com você, eu deveria mandar você para o inferno e fazer de tudo para arruinar sua vida. É por isso que estou gritando! Então conte, estou esperando os detalhes, ele te lambia? Você fazia o mesmo? Ele te sodomizava? Você gostava disso com ele? Porque lembre-se, minha cara, que você me negava todas essas práticas, considerava que as mulheres de boa família não fazem isso; sim, elas se contentam em abrir as pernas e esperar que acabe. Ah, acabei de lembrar, em Paris você nem abria as pernas, você se deitava de bruços e me oferecia a bunda para preservar sua maldita virgindade. Você esqueceu tudo isso!

– Você está louco! Está falando besteira e se contradizendo. Eu oferecia minha bunda e você gostava. Depois de casados, não precisava mais ficar de bruços. Prefiro contar como as coisas eram com você, porque eu nunca disse nada, precisei procurar em outro lugar para descobrir meu próprio corpo. Nós nos contentávamos em fazer amor calmamente, sem nenhuma fantasia, tínhamos nossos pequenos hábitos, bem-comportados, bem tristes, e isso bastava para você, você nem se perguntava se eu estava satisfeita, não passava pela sua cabeça se preocupar com meu prazer, você se levantava e corria para o banheiro para se livrar da sujeira, nem tomava banho, não, só passava água no pau e então saía satisfeito sem sequer dizer uma palavra gentil. Você se lavava de mim como se eu fosse suja, consegue perceber? E eu me calava. Eu odiava você, é loucura o quanto o odiava, você acabou se tornando repugnante, sim, engordou e não prestava atenção em mais nada. Você estava satisfeito consigo mesmo. E eu aguentava. Eu temia as noites de sábado, ficava ansiosa na véspera e durante todo o dia, pensava "vou fingir e não vai demorar"; então, você entende, nós não falávamos a mesma língua, eu aspirava a um mundo melhor, a descobrir coisas novas, a me realizar, e você me dizia "você vai se realizar com as crianças!". Ah, sim, eu me realizei muito, cuidei delas dia e noite, e você se debruçava sobre o berço delas e fazia caretas.

– É um verdadeiro acerto de contas! Você aprendeu direitinho a sua lição. Incrível. Bem, eu não quero mais o divórcio.

– O quê? Mas você não tem o direito de me impedir de viver minha vida.

– O divórcio para que você se case com o cara que te fez gozar à perfeição? Não. Eu amo você e não quero deixá-la, não quero que você vá embora. É meu direito mais legítimo. Nada de divórcio.

– Isso é chantagem! Eu não amo mais você, de jeito nenhum. Me pergunto como consegui suportar você todos esses anos, parecer bem para sua família, que nunca me aceitou, como consegui não arranjar um amante antes, sim, eu deveria ter buscado minha felicidade em outro lugar. Mas eu era certinha, educada, gentil com todos. Eu dizia sim para tudo, aceitava suas manias, recebia seus amigos, morria aos poucos...

Ele se aproximou dela, segurou seu braço e o sacudiu até ela perder o equilíbrio.

– Mudaram você, fizeram uma lavagem cerebral, convenceram você a destruir tudo o que construímos, você é fraca, caiu nas mãos de um monstro, um líder de seita, um guru, acorde! Você foi manipulada.

– Você se tornou violento. Vou embora, vou deixar que pense e voltarei com meu advogado. Melhor arrumar um bom para você.

– Nunca levantei a mão para você e você me acusa de ser violento? E por que não contratamos o mesmo advogado?

– Cada um com o seu. Sem divórcio amigável, já chega. Já aviso que, em relação aos carros, fico com o 4x4 e deixo para você o Dacia, o carro dos pobres.

Ele se levantou, tentou abraçá-la, ela se debateu, ele a segurava com todas as suas forças, ela escapava, ele a puxou para perto, ela caiu, ele se precipitou sobre ela, golpes foram desferidos dos dois lados. Ela gritava, ele chorava, ela conseguiu se levantar, arrumou a saia e correu para a saída, ele a alcançou, ela ainda lutou, conseguiu abrir a porta e foi embora batendo-a com força.

Depois dessa briga, ele se sentiu ainda mais infeliz. Ele lamentou amargamente esse deslize, foi mais forte do que ele. Ela o havia ferido. Ele tinha vergonha de chorar. Pegou um maço de cigarros que tinha escondido em uma gaveta desde que decidira parar de fumar. Acendeu um, inspirou profundamente e sentiu um pequeno alívio.

Ele tomou um banho quente e quase adormeceu na banheira. Seus membros estavam doloridos. Diante do espelho, não reconheceu seu rosto. Ele tinha envelhecido tanto assim? Seus traços estavam tensos, seus olhos vermelhos e suas pálpebras caídas. Ele não estava nada bem, precisava acordar daquele pesadelo.

As crianças tinham voltado. Ele passou um tempo com elas; elas fizeram a lição de casa. Ele ajudou a filha a estudar matemática, depois eles jantaram juntos. O menino lhe disse: "Sabe, papai, ela vai voltar, tenho certeza, ela ama você e você a ama, mas ela está passando por uma crise; mas tarde, você vai ver... Você é como uma árvore e nós somos os galhos; não se abandona uma árvore, especialmente uma tão forte quanto você!".

O menino falava como um velho sábio. Ele ficou impressionado. Sua filha parecia triste. Ela chutou a mesa de centro da sala e se machucou. Ele abraçou os filhos, o que fez ficar com os olhos cheios de lágrimas, mas se recompôs:

– Bem, vou organizar uma festa, é bom reunir os amigos e recuperar a alegria. Vamos fazer um churrasco no próximo domingo, o que acham? Convidem seus amigos e amigas. Vamos celebrar a chegada da primavera... Só uma regra: se alguém perguntar onde está a mamãe, digam que ela foi para Toulouse para uma conferência de farmacêuticos. Ok, crianças?

– Ok. Toulouse, conferência.

A filha disse:

– Eu não vou dizer nada, porque não gosto de mentir.

Então eles assistiram ao filme *O circo*, de Chaplin, e cada um foi para o seu quarto.

Ele teve dificuldade para dormir. Não parava de remoer algumas frases, como se precisasse convencer a si mesmo: "Vou resistir. Tenho que confiar em minha razão. Sou um cientista. As coisas precisam estar claras. Sei que não podemos forçar os sentimentos. Quando eles acabam, não adianta querer retê-los ou insistir para que voltem".

A imagem de sua mulher o obcecava. Seu rosto, seu cheiro, sua voz, o som de seus passos. Tudo girava a seu redor. As palavras que ele pronunciava se evaporavam. Só a obsessão permanecia. Como sair desse túnel? Ele ligou para sua assistente, que sonhava com um relacionamento com ele, e marcou um encontro no consultório.

– Mas, doutor, está tarde.

– Sim, eu sei, mas preciso de você.

– Claro, doutor.

Saïda era uma jovem viúva, seu marido havia morrido em um acidente de carro. Morena, corpo bonito, olhos negros, uma certa elegância. Competente. Ela nunca escondera sua atração por ele, mesmo quando o marido estava vivo.

Quando ela o viu, não conseguiu evitar um comentário, o que era incomum:

– Doutor, o senhor parece devastado!

– Sim, preciso de carinho e de uma presença calorosa. Desculpe ter incomodado. Se estivéssemos em um filme americano, eu encheria um copo de uísque e beberia até ficar bêbado. Mas não gosto de beber e não quero me embriagar para esquecer. Só preciso de um ombro amigo.

Eles estavam sentados no grande sofá. Ela se aproximou dele, apoiou a cabeça em seu ombro; eles ficaram abraçados por um momento. Ele se sentiu melhor. Ele acariciou o braço dela, depois a barriga e os seios. Ela o beijou suavemente. Carícias demoradas. Beijos. Ele massageou os ombros dela. Eles não diziam nada. Ela fez com que ele entendesse que deveriam parar por ali. Talvez na próxima vez eles fossem mais longe. Saïda estava emocionada e um pouco confusa. Ela tinha seu chefe a seus pés, ou quase, e precisava se manter digna e eficaz. Confortá-lo, sim, mas não se entregar a ele daquele jeito, em um sofá. Ela queria que as coisas acontecessem com um mínimo de elegância. Ela se levantou, o ajudou a se levantar, arrumou as roupas dele e perguntou se ele precisava que ela o acompanhasse. Ele negou com a cabeça e saiu, agradecendo.

– Feche o consultório, nos vemos na segunda-feira. Obrigado, muito obrigado mesmo.

7

A festa foi triste. Todos perguntavam pela esposa. Um amigo farmacêutico ficou surpreso: ele não sabia de nenhum congresso nem em Toulouse nem em Tombuctu! As crianças brincavam entre elas. Os empregados cuidavam da churrasqueira. O marido trazia bandejas de carne, frango e salsichões. Ele usava um avental, como um verdadeiro cozinheiro. Queria esquecer a crise que estava enfrentando.

Os avós, convidados pelas crianças, chegaram preocupados com a ausência da filha. Por mais que o marido contasse a história oficial do congresso no exterior, eles não acreditavam. O telefone da filha estava mudo. Eles imaginavam que algo havia acontecido sem que eles soubessem.

Enquanto os convidados comiam espalhados pela casa, os pais da esposa o levaram para um canto e perguntaram:

– É preocupante. Não é típico da nossa filha viajar sem avisar e sem deixar um endereço. Esperamos que não esteja doente. Estão nos escondendo algo.

O sogro disse a ele:

– Sente-se, meu filho. Onde está sua mulher?

Ele queria responder: "Isso não é da sua conta!".

Só que, no Marrocos, não se fala assim com os pais. Deve-se respeitá-los, mesmo quando eles se intrometem na vida privada de seus filhos.

– Eu já disse, ela está em Toulouse, no congresso de farmacêuticos...

– Você está mentindo!

A mãe da esposa interveio:

– Meu filho, porque consideramos você nosso filho, não minta para nós. O que aconteceu? Diga a verdade. Minha filha nos falou de uma pequena desavença... isso acontece com todos os casais... Estamos sabendo...

– Sabendo de quê?

– Não banque o bobo. Aqui, tudo se sabe, cedo ou tarde.

Após um momento de reflexão:

– Vocês realmente querem ouvir a verdade? Vocês não vão acreditar e tampouco vão gostar do que tenho a dizer!

O sogro:

– Ah, é tão grave assim?

– Sim, é muito grave.

– Então estamos ouvindo.

– Vou abaixar a música e sou todo de vocês.

Quinze minutos depois, ele voltou, preparado para anunciar a notícia:

– Minha mulher me deixou. Ela foi embora por causa de outro homem; ela diz que está apaixonada, que nossa vida já não a satisfaz. Esta é a verdade. Fiz de tudo para detê-la, mas ela está determinada como se alguém tivesse lançado um feitiço sobre ela; sim, ela não é mais a mesma, parece enfeitiçada...

– Meu Deus! – disse a mãe da esposa. – Nossa filha foi educada na moral e no respeito à família, se ela foi embora é porque você deve tê-la desrespeitado; ela não é do tipo a ser infiel, é uma boa mãe. Ela nunca teria deixado os filhos. Conte-nos a verdade.

– Essa é a verdade. Estou arrasado, tenho dificuldade para me concentrar no trabalho, estou infeliz e são nossos filhos que me consolam... Eles podem dizer o que aconteceu.

Perturbados, os sogros se entreolham, seus rostos demonstravam vergonha.

– Vamos voltar para casa. Se ela ligar, diga que nos visite, é importante.

A festa terminou mais cedo do que o previsto. As crianças saíram com os primos para ver *Star Wars* no cinema. A casa ficou vazia e o marido se viu sozinho para arrumar, auxiliado pelos empregados. Algo que ele nunca tinha feito antes. Isso o ajudava a não pensar no que o atormentava e a afastar por um tempo a tristeza e a raiva. Ele questionava sua virilidade, sua condição de homem em uma sociedade feita para os homens. Aliás, uma das frases ditas pelo pai, que ele recebera como uma bofetada, ainda o machucava: "Você é homem ou não? Aqui, nenhum homem é deixado pela esposa. Se a mulher vai embora, é porque ele falhou em seu papel, em sua posição, em seu poder! Seja homem e traga-a de volta para casa".

Essa ordem ainda ecoava em sua mente como um trovão. "Seja homem." O que é ser homem?

O divórcio foi concluído por intermédio de dois advogados. Foi longo e doloroso, especialmente quando o advogado da esposa começou a calcular em uma planilha o custo de cada criança. Ele fazia adições e subtrações como se tratasse de animais de estimação. Tudo foi contabilizado. O marido ficou horrorizado. Ela, fria, deixou seu advogado agir, até o limite do suportável.

Quando os dois advogados se retiraram para conversar a sós, o marido e a mulher ficaram frente a frente, em um silêncio pesado. Eles sentiam um desconforto e uma dor estranhos. O marido olhava para o teto. A mulher vasculhava a bolsa. Quando os advogados voltaram, foi um alívio.

Devido ao adultério da esposa, a lei não permitia que ela ficasse com as crianças. O marido, apesar de suas dores, foi compreensivo. Ele não queria perturbar a rotina dos pequenos e concordou que eles ficassem com a mãe na grande casa. Ele os visitaria com frequência. A esposa recuperou a casa, deixando para ele a cabana no fundo do jardim, cúmulo da humilhação. Aquele espaço apertado não lhe permitia receber os filhos adequadamente. Sua indulgência fez o advogado da outra parte rir. Ele devia pensar: "Corno e, além do mais, compreensivo!".

– Venha ver as crianças quando quiser, elas também precisam do pai. É melhor que nada mude para elas. A casa é grande, você pode ficar quando eu não estiver.

Restava calcular a pensão que a esposa, com uma renda muito maior que a do marido, deveria pagar para ele. "É a primeira vez que isso acontece no Marrocos!", exclamou o advogado do marido. Ao que a esposa respondeu:

– É também a primeira vez que uma mulher marroquina se torna não apenas independente, mas livre das amarras da hipocrisia social e moral! Dirijo uma empresa com dezenas de funcionários e investi em duas fábricas. Tudo isso é novo, acorde! Quanto à pensão compensatória, vou ver com meu advogado como calculá-la.

O marido não tinha a menor vontade de discutir. Ele assinou os documentos preparados pelos advogados, se levantou e saiu para o trabalho sem dizer uma palavra.

Ele ainda estava apaixonado por sua mulher. Ele não demonstrava, mas no fundo pensava nela o tempo todo e engolia o amargo da traição, da decepção e da grande derrota que seu casamento tinha sido. Como a maioria dos homens devastados pela traição, ele se perguntava o que havia feito durante todos esses anos para que sua esposa buscasse sua felicidade em outro lugar. Ele atribuía a culpa a si mesmo, a sua falta de vigilância. Como continuar amando alguém que mentiu e insultou você? Vai passar, ele pensou.

À noite, em vez de ir para a casa dos pais, que o esperavam, ele preferiu desabafar com o amigo Hakim, para que este o animasse. Mas Hakim não sabia nada sobre o sentimento amoroso, achava-o ridículo. Mesmo assim o marido encontrou nele o conforto de uma amizade sincera. Hakim o deixou falar durante toda a noite e sugeriu mudar de ares e passar alguns dias em Agadir ou Marrakech. Mas o marido não tinha vontade de fazer nada. Hakim teve então uma ideia: "Vamos nadar na piscina do Grande Hotel, isso vai nos relaxar e fazer com que você esqueça suas mágoas!". Eles foram à piscina, onde um grupo de jovens turistas italianas brincava na água. Hakim puxou conversa com elas. Eles se divertiram e depois ele as convidou para tomar um drink em sua casa:

– Moro em frente. Aqui está meu cartão. Venham, vamos beber e nos divertir um pouco, meu amigo está deprimido.

Três lindas garotas chegaram à casa de Hakim. Bem-vestidas, maquiadas, prontas para festejar, especialmente porque Hakim dominava o italiano. Uma delas deixou bem claro, rindo:

– Viemos para tomar um drink, não para dormir com vocês. Ok?

– Ok, claro.

A noite foi agradável. Com a ajuda do álcool, uma das três começou a fazer um striptease no meio da sala. Quando ficou completamente nua, Hakim fez um sinal para o amigo levá-la para o quarto dos fundos.

O marido estava suando e tremendo. Impossível ter uma ereção. Ele se desculpou e pediu a Hakim que cuidasse dela.

Elas foram embora por volta da uma da manhã. Os dois amigos retomaram a conversa sobre o futuro imediato. A única solução para o marido era se dedicar totalmente ao trabalho e aos filhos. Ele ligou para a esposa e deixou uma mensagem avisando o dia e a hora em que passaria em casa para ver os filhos – para evitá-la. Ele lhe lembrou que ela deveria transferir a quantia de um milhão e duzentos mil dirhams para sua conta. A pensão compensatória o ajudaria a obter um empréstimo para comprar um apartamento grande o suficiente para receber os filhos. Ele pensou: "*Compensatória*! Talvez seja a primeira vez no Marrocos que um marido recebe essa quantia de dinheiro depois do divórcio. Dinheiro para esquecer, dinheiro para supostamente compensar um amor traído!".

Ele não queria mais vê-la, estava disposto a tudo para esquecê-la. Ele até pensou em entrar em contato com um "apagador de lembranças", um charlatão que atuava na praça Jemaa el-Fna, em Marrakech. Era um sujeito estranho, uma espécie de ator fracassado, mas bastante habilidoso em enfeitiçar com suas elucubrações homens e mulheres enfraquecidos pelos dramas da vida. Sua técnica era como uma psicanálise de bazar. Ele escrevia com tinta sépia em um papel antigo as principais datas a serem apagadas da memória. Ele passava tudo em incenso e fazia um amuleto para ser usado no pescoço e outro para ser pendurado na cintura até a altura dos testículos. Ele os perfumava com âmbar falsificado e os girava em torno de sua vítima até ela entrar em um pseudotranse.

Hakim lhe falara do sujeito, pensando em distraí-lo. Mas o marido o levara a sério:

– Você me acompanha a Marrakech para ver esse homem?

– Ora, acorde, ele é um charlatão, não vai acreditar nessas bobagens, vai?

– Para esquecer, estou disposto a tudo. Eu gostaria de acordar um dia com a memória limpa. Certos episódios de minha vida seriam apagados e eu poderia seguir em frente sem pensar o tempo todo nessa esposa indigna.

– Seria fácil demais. Para esquecer, você precisa conhecer outra mulher. Eu me encarrego disso. Minha caderneta vermelha está à sua disposição.

– Não, nada disso. Não estou procurando sexo. Eu preferiria que ela viesse me pedir perdão e dizer que se enganou.

– Você está sonhando, precisa aceitar a realidade.

– Então, vamos a Marrakech?

Alguns dias depois, seu advogado lhe levou os documentos assinados.

– Você tem a guarda das crianças, isso é importante. Sua esposa terá que pagar uma pensão calculada com base em suas declarações de renda, estimada em quinze mil dirhams, mais a pensão compensatória já calculada. É uma coisa boa, o que acha?

– Amo minha esposa. Quero que ela volte.

– Esse dinheiro será necessário para seus filhos, para a escola deles, para as férias... Você teve a sorte de ter encontrado uma mulher correta; ela acata todas as decisões da justiça. No Marrocos, isso é muito raro.

– Então serei o primeiro marroquino a ser oficialmente sustentado pela mulher.

– E daí? Parte do dinheiro será colocado em uma conta em nome das crianças. O resto, você pode usar como quiser. Ela lembra que a casa é oitenta e cinco por cento dela. O que faremos?

Ele sabia que em algum momento a história do terreno doado pelo sogro o afetaria. Ele não queria viver em um quarto no fundo do jardim. A humilhação o dominava. Ele pediu ao advogado que o deixasse em paz.

II

NABILE

1

2002-2005

Eu tinha acabado de concluir meus estudos de medicina em Rabat. Meus pais me encorajavam a escolher uma especialidade. Para mim, a pediatria era ideal. Mas eu ainda precisava conseguir uma bolsa para ir à França ou à Bélgica.

A França colocava muitas dificuldades para estudantes estrangeiros. Uma papelada infinita para obter um visto, depois uma permissão de residência. As leis que regulavam a imigração se tornavam cada vez mais rigorosas. O Front National atacava constantemente os imigrantes, acusando o governo de ser permissivo: ele defendia o fechamento das fronteiras e a instituição de cotas; a França não podia permanecer aberta a todos... O discurso em torno da imigração se tornara, em poucos anos, uma obsessão da direita e um incômodo para a esquerda. Além disso, a ameaça do terrorismo islâmico era real, o que tornava tudo mais confuso.

Acabei optando por Paris, depois de conseguir um empréstimo bancário. Minha chegada não foi simples. Um erro de digitação em um documento atrasou tudo. Sem a intervenção de um amigo de meu pai, cujo filho trabalhava na polícia, eu não teria conseguido minha permissão de residência.

Com o tempo, porém, esquecemos todo tipo de incômodo administrativo.

Paris é a cidade mais linda do mundo, especialmente à noite. Mas ela já não era uma festa. O medo do terrorismo, a angústia generalizada e as condições de vida dos parisienses de classe média eram opressoras. Os mendigos estavam cada vez mais jovens; alguns eram estrangeiros, imigrantes que haviam fracassado. Havia obras inacabadas por toda parte. O trânsito era difícil. Mau humor nos rostos. Todo mundo reclamava. Ninguém estava satisfeito com seu destino. Diziam-me que tudo isso era por causa dos socialistas.

No início, eu sonhava apenas com um cantinho tranquilo para morar e estudar. Graças novamente ao amigo de meu pai, aluguei um quarto de serviço no sexto arrondissement, em um quinto andar sem elevador. Eu me esforçava para manter o ânimo. Sem nostalgia. A vida de estudante em Paris era assim: você precisava contar seus trocados. Nenhum presente. Aqui, os merceeiros não vendiam fiado.

Quando eu tinha tempo, observava Paris de binóculos, como um marciano desembarcado em uma capital onde todos estão ocupados. Eu amava tudo nesta cidade, sua arquitetura, sua luz, sua persistente monocromia, sua chuva fina, suas tempestades violentas e, mais raramente, seu sol deslumbrante. Paris é uma cidade mágica, difícil de aprender, pois é uma língua em si mesma. Ela foi feita para os ricos. Os pobres, por sua vez, pegam o trem para a periferia.

Rapidamente me vi envolvido em um grupo da comunidade marroquina. Vivíamos amontoados uns sobre os outros. O marroquino tem dificuldade de se desprender de seu país natal, ao menos no início. Nos víamos nos finais de semana para preparar a comida de nossas mães e falar do país – claro que falávamos mal dele. Nos divertíamos ao observá-lo de longe, especialmente quando o frio era grande. Nos mantínhamos informados de tudo o que acontecia lá. Estávamos atentos aos primeiros passos do jovem rei Mohammed VI, de quem esperávamos muito. Alguns de nós, mais velhos, tinham sido presos durante o reinado de seu pai.

Em Paris, quando entrei na faculdade de medicina, me senti o homem mais feliz do mundo. Eu era um estudante entre milhares. Sem discriminação, sem favoritismo. Todos estávamos sujeitos ao mesmo regime e trabalhávamos arduamente.

Mais tarde, eu iria descobrir o sistema de saúde francês. Para mim, é o melhor do mundo, porque está baseado na solidariedade. Assim que ganhamos um centavo, contribuímos para a consolidação da Seguridade Social. Eu me perguntava por que meu país, ainda que muito influenciado pela França, não havia adotado esse sistema. O estado de nossos hospitais públicos é lamentável, levando ao desenvolvimento de clínicas privadas, fontes de enriquecimento desavergonhado. Se ao menos seus proprietários pagassem os impostos corretamente...

Na época, minha vida sexual estava entre parênteses. Eu priorizava os estudos, o trabalho árduo, minha curiosidade pela pesquisa e minhas descobertas, sob o olhar benevolente do professor Louis, um homem que dedicara toda sua vida à pediatria. Após alguns meses, comecei a sentir necessidade de companhia. Meus amigos zombavam de mim e sugeriam que eu adotasse um gato ou um cachorro; quando eu falava sobre garotas, eles riam. Eles eram bastante misóginos, e seu comportamento machista às vezes funcionava.

Tive algumas aventuras sem futuro. Eu procurava o amor, era romântico – meu livro de cabeceira era *Adolphe*, de Benjamin Constant. Meus amigos, por outro lado, não liam nada. Eu não os entendia. Era uma questão de educação. Eu sempre vira meus pais lendo, e minha mãe inclusive criara um clube de leitura. Mulheres se reuniam em nossa casa uma vez por mês para discutir os livros que tinham lido, em árabe ou francês.

O amor, o encanto do amor. Como escreveu Benjamin Constant, "a convicção de que encontramos a pessoa que a natureza nos destinou". Era o que eu buscava, no fundo, sem o mencionar. Eu precisava de uma presença que respondesse a cada uma de minhas emoções e vice-versa. Mesmo sem tê-lo vivido, eu acreditava no amor, aquele celebrado na literatura e no cinema. Era impossível falar sobre isso com meus conterrâneos, eles me veriam como um garoto fraco sonhando com uma princesa adormecida. Não sei de onde vem essa dureza dos homens de meu país, essa falta de sensibilidade em relação aos sentimentos que agitam o coração e nos fazem sentir vivos. Alguém um dia sugeriu que isso viria do Islã e da forma como as mulheres são consideradas no Alcorão. Talvez, mas por que perpetuar essa visão que de cara estabelece um desequilíbrio na relação?

Quando conheci Lamia, irmã de um dos amigos de nosso grupo, fiquei chocado. Ela era bonita, é verdade, mas apesar de estar estudando farmácia, era inculta. Ela não lia nada além dos polígrafos universitários, e achava isso normal. Não se interessava por romances. Quando perguntei por que, ela me respondeu com uma naturalidade desconcertante: "Qual a utilidade de ler um romance?". Fiquei em silêncio, sem saber por onde começar. Propus um acordo: "Vou lhe emprestar *Adolphe*, é uma história de amor, e depois convido você para ir ao teatro ver uma peça de Shakespeare". Ela retrucou: "Punição em dobro! O que eu fiz para você? Você é bonitinho, me agrada, mas não precisa exagerar...". Essa mulher tinha algo no olhar, uma imponência, uma inteligência em sua relação com os homens, uma feminilidade que falava comigo. Eu esperava que sua leveza não fosse leviandade.

Passamos momentos agradáveis, trocamos carícias e flertes. Eu não tinha ilusões, sabia que, fundamentalmente, não se pode mudar o outro. Não sou eu quem diz isso, são os filósofos. Eu deveria ter terminado o relacionamento. Mas o contato com sua pele e a suavidade de seus beijos pouco a pouco me prenderam a ela. Ela sabia como fazer. Parecia ter tido várias experiências amorosas. Ela negava. Para ela, era uma questão de instinto.

Nos encontramos no sábado seguinte. Ela ainda não tinha lido o livro que eu lhe emprestara, alegando excesso de trabalho na faculdade. Mas estava disponível para ir ao teatro. Estavam apresentando uma nova versão de *Hamlet* em um teatro de subúrbio. Pessoalmente, odiei. Ver o ator principal segurando um bastão com rolos de papel higiênico enfiados e proclamando "Ser ou não ser" me pareceu de muito mau gosto. Mas Lamia riu e achou o espetáculo bem interpretado. Ela conhecia um pouco da peça por tê-la estudado nas aulas de inglês do colégio.

Depois do teatro, paramos em um kebab turco e jantamos sem cerimônia. Quando ela se inclinava em minha direção, eu via seu peito, magnífico. Ela sabia que eu era sensível à sua beleza, mas também entendeu que precisava se esforçar intelectualmente para que um relacionamento interessante se desenvolvesse entre nós.

Voltando a pé, ela me pediu para falar sobre *Adolphe*. Como se eu estivesse dando uma aula, comecei a recitar o que sabia sobre esse romance e seu autor: "É o único romance de Benjamin Constant, ele o publicou em 1816. É a história de um jovem de vinte e poucos anos, sem experiência, que se envolve em um caso de amor com Ellénore, uma mulher mais velha que ele, na casa dos trinta anos, uma bela aristocrata de origem polonesa exilada na França. Rapidamente, ela será consumida pela paixão. Ele não sabe o que esperar de uma amante conquistada impulsivamente. Ele se torna tirânico, violento. Depois de um período de grande amor, ele rompe bruscamente com ela. Ele ignora que um relacionamento amoroso deve ser pensado como eterno. Ela sofre até morrer, deixando o jovem com uma culpa infinita. Posso dizer que é uma bela história, mas no amor a felicidade é fugaz e nada é definitivo. É isso, minha querida Lamia. Você pode mergulhar neste livro maravilhosamente bem escrito".

Acho que a convenci a lê-lo.

Dois dias depois, de fato, ela me ligou para dizer que estava zangada com Adolphe, "aquele homem mal-educado que se divertiu em fazer sofrer uma dama tão bonita". Eu ri, tinha ganhado a aposta. Eu a converteria à leitura. O próximo livro seria *O túnel*, do argentino Ernesto Sabato, um romance breve, intenso e prodigioso.

Ela entrou no jogo e nossos encontros se tornaram sessões de debate que terminavam com carícias e beijos. Frequentemente, íamos assistir a um filme. Mais uma vez, eu precisava lidar com um gosto que não estava bem formado. Ela gostava de comédias, precisava rir. Ela adorou *A felicidade não se compra*, de Frank Capra. Eu dizia a ela: "Dois Capra em troca de *Os bronzeados*!".

Era um jogo, uma maneira de nos conhecermos e descobrirmos nossos pontos fracos. Ela adorava fazer compras, especialmente durante as liquidações. Nesses momentos, eu a deixava, mesmo que ela insistisse que eu a acompanhasse. Ela suplicava: "Mas preciso do seu olhar, da sua opinião...". Eu não tinha tempo para me dedicar a esse tipo de atividade. Passava muito tempo no hospital. Quando voltava para meu pequeno quarto de serviço, mal tomava um banho e já adormecia.

Uma noite, ela bateu à minha porta sem avisar. Elegante, bonita, com uma garrafa de champanhe na mão.

– Hoje é meu aniversário e é com você e mais ninguém que quero comemorar! Não está feliz?

– Não abra essa garrafa. Você vai voltar para casa, tive um dia estressante no hospital e preciso dormir, porque amanhã começo às sete e meia. Feliz aniversário, mas deixe a garrafa bem refrigerada, beberemos no próximo fim de semana.

Ela foi embora triste e com raiva. Aparentemente, não costumava ser tratada dessa forma. Era uma garota mimada, uma garota de boa família a quem nada era negado. Ela ficou zangada comigo. Quando voltei a vê-la na sexta-feira seguinte, ela estava fria. Não insisti. No entanto, eu a desejava. Ela voltou para minha casa no dia seguinte e, depois de muitas preliminares, eu disse que estava na hora de fazermos amor; contei histórias de estrelas, de signos do zodíaco e de lua cheia até convencê-la.

Peguei emprestado dinheiro com um dos amigos do grupo e reservei um quarto de hotel na Rue de l'Université. O quarto era pequeno, mas tinha um banheiro com banheira. Eu queria que tomássemos um banho juntos, para relaxarmos antes de irmos para a cama. Eu sabia que, para uma marroquina da alta burguesia, a virgindade era sagrada.

Ela se deitou de barriga para baixo na cama e eu a massageei por um bom tempo, enquanto também a acariciava. Quando ela se virou de costas, senti que estava pronta. Eu estava ansioso e fiz de tudo para não demonstrar. Peguei um preservativo. Ela me ajudou a colocá-lo até o fim em meu pênis. Ao fazer isso, ela o colocou na boca em um início de sexo oral. Então ela retirou o preservativo: "Quero sentir sua pele, não a borracha". Depois de um momento, peguei outro preservativo e, desta vez, estava decidido a penetrá-la. Eu nunca tinha desvirginado uma garota. Eu sabia que precisava ser delicado e gentil.

Tudo se passou bem. Houve um pouco de sangue, mas ficamos aliviados. Fizemos amor várias vezes. Estávamos felizes e dormimos um sono profundo. O que eu não sabia era que acabara de selar um pacto tácito: essa mulher seria minha para sempre, ou melhor, eu seria o homem dela, pertenceria a ela e estaria a seu serviço. Ao sair, aliás, ela me mostrou o dedo: entendi que queria um anel de noivado. Eu estava preso. Não havia como voltar atrás. Eu tinha sido o primeiro homem dela, estava destinado a ser seu homem para a vida toda. Fazer amor com uma jovem mulher tem um sentido e um preço. Não dá para subestimar isso. Isso se chama casamento.

A ideia de construir minha vida com Lamia não me desagradava, mas as coisas se impuseram a mim inevitavelmente. Eu só tinha que concordar e agradecer. À noite, conversando com o amigo que me emprestara o dinheiro para o quarto de hotel, não havia mais dúvida:

– Bem, você está ferrado!

– Por que você acha que é uma coisa ruim?

– Olhe, vocês têm alguns anos de diferença, você foi o primeiro dela, você é responsável por tê-la transformado em mulher... Isso tem um preço: ela estará em cima de você para sempre.

– Você é pessimista. Eu gosto dela, de seu corpo, de sua doçura, até mesmo de sua inexperiência, ela me comove.

– E está pronto para casar?

– Não é uma coisa para agora.

– Você fala como os políticos. Você vai se casar, ter filhos, ganhar peso, conhecer o tédio e a solidão do casamento, os intermináveis almoços na casa dos pais, as obrigações dos sobrinhos ou primos que se casam, você vai fazer como todo mundo e um dia vai ter uma bela depressão.

– Ah, como você exagera, vê tudo de forma negativa!

– Sim, porque sou mais velho que você e passei por isso, até o dia em que fugi para me estabelecer na França, a França que tanto precisa de médicos.

Enquanto ele falava, Lamia me ligou três vezes seguidas. Não atendi, mas eu sabia que ela queria controlar meu dia. Ainda dava tempo de desistir. Exceto pelo fato de que as duas famílias já estavam sabendo de tudo e planejavam a data das festividades. Não foi Lamia que me disse isso, foi minha mãe, que me ligou soltando gritos estridentes ao telefone.

Enquanto eu estava absorvido por meu trabalho, não pensava nisso. Mas assim que levantava a cabeça, via Lamia vestida de noiva e eu sentado em uma cadeira tradicional, celebrado por centenas de convidados, músicas e cantos acompanhando a festa, o que fazia minha cabeça girar até ver estrelas, enquanto a noiva mantinha os olhos baixos, em sinal de submissão ao homem de sua vida... Submissão? É uma piada.

Sempre odiei as cerimônias de casamento marroquino. Assisti a tantos casamentos que me tornei mais do que relutante. Eu dizia para mim mesmo que um dia me casaria, mas não dessa maneira: eu faria uma festa entre amigos, simples e simpática, sem todo o alvoroço, esses costumes ancestrais e o espetáculo que só beneficiam os convidados, muitas vezes estranhos e parentes muito distantes.

Esse foi nosso primeiro desentendimento. O princípio do casamento tinha sido aceito sem discussão, então só me restava negociar uma cerimônia simples.

– Não fiz nada de errado para me casar às escondidas. Quero um casamento grande, uma festa que dará o que falar por muito tempo em Casablanca e em outros lugares. Para nós, só se casa uma vez! Não seja estraga-prazeres. Vamos festejar por três dias e três noites. Meus pais já pagaram adiantado à orquestra que vai animar a primeira noite, é a famosa orquestra de Bouzouba', a mais famosa do Marrocos. Sua música cria um ambiente incrível, você a conhece, deve ter ouvido nos casamentos para os quais foi convidado.

– Sim, conheço essa orquestra e gosto das músicas tradicionais desse senhor. Mas gosto por quinze minutos, não por uma noite inteira, e muito menos no meu casamento!

– Saiba também que, na terceira noite, teremos a orquestra de um cantor judeu, Pinhas Cohen, que todo mundo adora. Sugeri também que convidássemos alguns rappers: amigos de meu irmão virão cantar no palco. Isso não o deixa feliz?

– Sim...

O desconforto começava a me dominar. Eu não tinha voz.

No início de junho, Lamia veio me ver, ela parecia estressada:

– Acho que estou grávida... Menstruação atrasada...

Ela logo fez um teste de gravidez. Negativo. Mas a manobra estava em andamento. Adiantar o casamento antes que ficasse grávida. Nos últimos tempos, eu não estava usando preservativo e ela não tomava a pílula. No fundo, apesar de tudo, ela me agradava, diria até mesmo que eu estava apaixonado. Eu pensava nela o tempo todo, isso me deixava feliz. Esperava com impaciência o momento de vê-la a sós.

Obviamente, eu não falava sobre isso com meus amigos do grupo. Eles zombavam de mim: "Oh, ele está apaixonado, ele é Majnun e ela é Laila... Ele é Romeu e ela Julieta... Oh, como é bobo, ela conseguiu amarrá-lo... Fazer amor com uma garota da burguesia custa caro...". Eu respondia: "Porque fazer amor com uma garota do povo não é um problema, você pode debochar dela e abandoná-la sem piedade. Vocês são estúpidos".

Pouco a pouco, me acostumei com a ideia de me casar e constituir uma família com essa jovem mulher, que se formou como farmacêutica ao mesmo tempo em que terminei minha especialização. Toda orgulhosa, ela me anunciou que seu pai havia acabado de adquirir a farmácia Derb Ghellef, no bairro popular, garantia de um local que rende muito dinheiro. Quanto a mim, eu precisava trabalhar alguns anos no serviço público, o que era o mínimo em um país onde os estudos são gratuitos.

O retorno à pátria foi difícil. A mudança, o trabalho no hospital público onde eu não tinha tudo de que precisava para cumprir bem meu papel, meus pais ocupados com os preparativos como se tivessem aceitado um desafio. O casamento se tornou uma obsessão, e para mim uma provação.

Eu deixava Lamia tomar as decisões; não contrariava meus pais; todos se reuniam regularmente para acertar as coisas. Eles pensavam grande, e eu aspirava a mais simplicidade. Não fomos nós que decidimos a data, mas o sr. Bouzouba'. Eu me casaria de acordo com a disponibilidade do cantor! Lamia achava isso normal. Ela não parava de repetir: "Sem Bouzouba', a festa será um fracasso". Tentei convencê-la pela última vez a nos isolarmos em um palácio e celebramos nossa união da maneira mais glamurosa, íntima e sincera possível... Nada feito. Ela precisava do espetáculo. Precisava criar um acontecimento. Principalmente porque o casamento de sua prima no ano anterior tinha sido muito comentado: cinco milhões de dirhams por uma noite! Mil e duzentos convidados; três orquestras; duas equipes de videomakers, com a presença de dois ministros, do governador e do prefeito: toda Casablanca falava disso no dia seguinte...

Havia uma competição nesse festival de aparências. Tudo o que mais detesto. E eu me deixei levar, também para não contrariar meus pais, que sonhavam com um grande casamento para o filho mais velho.

Uma semana antes de nosso casamento, Lamia veio me esperar na saída do hospital. Ela me avisara vagamente que passaria para me ver. Sua beleza me fazia aceitar tudo. Ela havia passado no cabeleireiro e se arrumado para me agradar. Ela me disse: "Esta noite é nossa". Fomos para minha casa, para eu me trocar. Enquanto tomava banho, eu pensava que, enquanto o amor estiver envolto em mistério e desejo, ele merece que façamos concessões.

Naquela noite, ela me anunciou que seu pai lhe emprestara dinheiro para recuperar uma fábrica fechada e transformá-la em uma fábrica de medicamentos genéricos.

– Sabe, estou pensando nos marroquinos que não têm condições de comprar remédios. Vou revolucionar o mercado.

– Boa ideia!

Fomos jantar em um restaurante de La Corniche. Caro e não muito bom. Ela insistiu em pagar a conta. O garçom que me trouxe a conta ficou surpreso: para ele, sempre era o homem que pagava. Lamia pegou a conta e lhe entregou seu cartão. Enquanto digitava a senha, ele me encarava, se perguntando se eu não seria um desses gigolôs, ou um pobre coitado sustentado pela mulher.

Conversamos sobre o futuro e sobretudo do principal acontecimento que se preparava em nossas famílias. Eu a desejava, mas ela decidira nos impor um período de abstinência até o casamento. "Não antes da noite de núpcias..." Eu disse a ela o quanto achava isso ridículo, mas não havia nada a fazer. Ela até me sugeriu procurar os bares de prostitutas, enquanto esperávamos a grande noite. Não sei se estava falando sério ou brincando, mas ela me contou ter visto em um filme americano Sean Penn encerrando sua vida de solteiro em um bordel da Califórnia. Fiquei tentado a fazer como ele, mas eu nunca frequentaria um bordel qualquer. Liguei para meu amigo Hakim, o solteirão convicto, para organizar uma dessas pequenas festas que ele conhecia muito bem.

Preciso falar sobre Hakim.

Bonito, atlético, inteligente, arquiteto-empresário sagaz, ele fala quatro idiomas, é otimista, prestativo, implacável nos negócios e, acima de tudo, muito sedutor. Está se aproximando dos quarenta e se recusa a casar.

Ele mora em um apartamento no último andar de um prédio de alto padrão. Assim que se entra na casa dele, sente-se um certo perfume de paraíso misturado com o de liberdade. Lamia sempre o odiou, como todas as mulheres casadas ou prestes a casar. Eu nunca falava dele, pois ela achava que ele tinha uma má influência sobre mim.

Ao frequentá-lo, tem-se uma imagem do que era Casablanca nos anos 2000. Dinheiro, egoísmo, esquizofrenia, discurso duplo, duas faces, dramas ocultos e histórias silenciosas de mulheres emancipadas vivendo sozinhas e às vezes infelizes. Essas mulheres, que ele frequentava, assustavam a sociedade estabelecida. Imagine uma mulher, na casa dos trinta anos, financeiramente independente, educada nas boas escolas do Marrocos ou do exterior, de família relativamente abastada, mal casada e logo divorciada, procurando viver como uma europeia que não deve satisfações a ninguém, uma marroquina de um tipo novo que reivindica seus direitos e os assume sem hesitar, em suma, uma mulher quase igual a um homem, exceto que mais corajosa e também mais cruel quando este demonstra covardia. Esse tipo de mulher, ainda raro, surge e tenta se fazer respeitar apesar das tradições, dos maus costumes de uma sociedade governada pela hipocrisia, pelas convenções e pelo medo do que os outros dirão. Essas mulheres acorriam às festas regadas a álcool de Hakim. Ele as conhecia bem e às vezes as consolava, quando, perto do fim da festa, a tristeza as invadia.

Desde que meu destino se ligou ao de Lamia, essas festas me foram proibidas, mas eu transgredia a proibição e me divertia muito sob o olhar benevolente de meu amigo, que não parava de me dizer: "Infeliz, está cometendo um erro...". Eu mentia para Lamia por omissão. Não dizia nada.

Quando eu estava sozinho, pensava como ele. Assim que Lamia aparecia, todas as minhas resistências desapareciam e eu era levado pelo amor, algo que ele desprezava. Ele afirmava: "Eu me apaixono com frequência, toda vez que conheço uma linda mulher; sabendo que no dia seguinte será outra que estará em minha cama!". Cínico, ele não tinha inventado nada desde a história de Don Juan.

Quando o encontrei, ele me avisou: "Esta noite, você vai sofrer!".

Hakim tinha feito uma massa. Ele era bom cozinheiro, especialmente para refeições simples. As meninas se serviram rindo, perguntando-se se não ganhariam de volta os quilos que tinham acabado de perder nas aulas em uma academia famosa. Relaxadas, elas brincavam mais do que os homens que discutiam negócios no terraço, fumando charutos. De repente, Hakim pediu silêncio e tomou a palavra:

– Meus amigos, esta noite é a festa de um convidado especial, cuja vida acabará na semana que vem! Sem mais liberdade, sem outros amores que aquele servido em casa por uma única mulher. Para nos despedirmos dele à nossa maneira, sugiro que ele receba um beijo de cada uma de vocês, um beijo de verdade, cheio de paixão, não um beijo de cinema, um beijo de língua, façam um esforço, afinal ele é um cara bonito, e aproveitem porque nunca mais o verão! Vamos, Faïza, você começa...

As mulheres, todas bonitas, formaram uma fila e me abraçaram uma de cada vez, me beijando com fervor. Foi um festival. Nem todos os beijos tinham o mesmo sabor, mas todos me excitaram tanto que, depois do nono, ejaculei na cueca como um adolescente. Fiquei envergonhado porque todos perceberam. Mas foi um belo presente. Eu pensava: "Só em Casablanca se pode viver esse tipo de coisa". Até um homem, que se infiltrara entre as mulheres, me beijou. Fiquei surpreso e um pouco enojado; ele cheirava a cigarro.

Todos rimos, dançamos, cantamos e bebemos muito. Hakim me apresentou duas mulheres, sussurrando em meu ouvido: "Qual você prefere?". Não me lembro o que respondi. Eu estava completamente bêbado. Acabei em um quarto com uma morena esplêndida, experiente e muito sensual. Ela tinha um preservativo, que colocou em meu pênis, e não lembro se fizemos amor ou se ela fez de tudo para me dar prazer. Foi uma noite estranha, entre sonho e realidade. No dia seguinte, a mulher havia desaparecido. Tomei café da manhã na cozinha com Hakim, que parecia exausto. A empregada e a cozinheira já estavam lá, arrumando o apartamento e contando as garrafas vazias, comentando: "Doze! Menos que da última vez".

No chuveiro, me sentei e deixei a água correr sobre mim como se estivesse em uma fonte de montanha. A água quente colocava meus pensamentos em ordem. Eu estava pronto para enfrentar Lamia e suas exigências em relação aos preparativos do casamento? Eu me sentia livre. Depois daquela noite agitada, eu pensava em Lamia como se ela fosse o anjo que me daria tudo, sem me tirar nada. Eu não iria contradizê-la. Estava decidido a acompanhá-la em sua loucura, tão importante para ela. Estar apaixonado não é ceder a tudo, desde que a amada esteja junto e realize nossos desejos?

A festa de casamento durou três meses em vez de três dias. Três meses de preparativos, perguntas de todos os tipos, problemas a cada etapa... Apenas para o convite, que começava com "Louvor a Deus e a seu Profeta", foi necessário escolher as fontes em árabe e francês, decidir se escrevíamos em itálico ou não, se imprimíamos em dourado ou prateado, desenhar dois anjos com buquês de flores – ridículos, mas ela insistiu – e, no verso, um mapa para chegar ao endereço, com o número de telefone caso alguém se perdesse, e pontilhados porque – segundo ela – ficava bonito...

Escapei da sessão de prova dos vários vestidos que a noiva usaria. Aquilo não era para mim. Mas minha mãe, sim, foi consultada, para sua grande satisfação. Lamia, por sua vez, organizou minhas roupas, ternos de três peças de um grande costureiro francês, parecido com Smalto, roupas tradicionais todas brancas, jelaba, saruel, selham, babuchas amarelas de Fez etc. Ela estava tão ocupada que eu a achava admirável. Aquele precisava ser o acontecimento mais importante de sua vida, de nossa vida, algo que deixaria marcas na lembrança de todos por muito tempo. Na lembrança e nas nossas economias... Eu teria gostado muito de ficarmos longe daquele barulho, apaixonados e felizes por estarmos juntos, sem a interferência de ninguém. Mas ela insistia naquele festival de aparências.

Sexta, sábado, domingo. Três dias, três noites, três meses, três anos... Eu pensava: "A escolha é minha. Submisso,

isso vai durar três dias, relutante, três meses, contrariado, três anos". Eu me acalmava com paracetamol e Lexotan.

Grandes festas são organizadas nos casamentos para mostrar a todos que determinada mulher não está mais disponível, que ela será a esposa de um único homem por toda a vida e que ninguém deve ameaçar sua virtude, consolidada pelo espetáculo de uma cerimônia grandiosa. Eu pensava: "Lamia é minha por toda a vida". E depois: "Não, é só uma formalidade; chegará o dia em que não nos suportaremos mais, e eu a deixarei por um novo amor, por uma aventura, por um pouco de mudança. Não acredito que ela fará o mesmo, ela é fiel, é visível, posso sentir, ela nunca procurará afeto em outros braços...". Então eu começava a duvidar. Por que a mesma coisa não poderia acontecer com Lamia?

De fato, eu estava muito enganado.

O casamento aconteceu exatamente como eu temia. Todas as tradições foram respeitadas, como se o tempo não tivesse influência sobre nossa sociedade. Foi um eterno retorno, com o bônus do desmaio da noiva devido ao cansaço, ao estresse e ao barulho que eles chamavam de música. Pobre Lamia. Ela desmaiou e todos se apressaram a ajudá-la a acordar: cebola sob o nariz, água de flor de laranjeira no rosto, perfume forte e, o pior de tudo, um incenso que teria afugentado um bando de chacais.

Quando ela voltou a si, pálida, me procurando com seu olhar perdido, eu a tranquilizei, segurando-a em meus braços. Os problemas começavam... Apesar de tudo, eu estava apaixonado. Eu sentia medo por ela, medo de que ela ficasse doente, medo de que algo acontecesse com ela.

Essa é a lembrança mais marcante que guardo da cerimônia.

À noite, nos retiramos, estávamos tão cansados que adormecemos imediatamente, abraçados, sem fazer amor. De manhã, ela me olhou com ternura e segurou minha mão:

– Estou feliz. Você é o homem que eu esperava desde pequena. Meu corpo todo vibra quando você me toca. É maravilhoso.

Ela me puxou para si e fizemos amor devagar, delicadamente, carinhosamente.

Um imenso café da manhã foi deixado à frente de nosso quarto. Havia de tudo: frutas, ovos mexidos, panquecas com mel, croissants, pão integral, manteiga da fazenda do pai de Lamia, queijo fresco... Ela disse:

– Você precisa recuperar as forças, meu amor. O amor acontece todos os dias, de manhã e à noite.

Eu ri. Por que não? Fazer amor com frequência é uma prova de amor.

2

2007

Os dois primeiros anos de casamento foram maravilhosos. Nenhum desentendimento. Nenhuma briga. Harmonia perfeita. Fazíamos amor com frequência. Ela respeitava meus pais, e eu os dela. O almoço de sexta-feira era sagrado. Desde as primeiras semanas após o casamento, diante do imenso prato de cuscuz com sete vegetais, nossos pais nos perguntavam quando teríamos filhos. Eu baixava os olhos, Lamia também. Respondíamos evasivamente. Tínhamos decidido aproveitar um pouco mais de tempo para nós. Era uma decisão conjunta, até o dia em que ela me anunciou que estava grávida. Como numa boa comédia italiana, eu a ergui e a fiz girar cantando. Estávamos felizes. A vida se desenrolava segundo as regras estabelecidas, só tínhamos que segui-las. Não éramos rebeldes nem inconsequentes. Éramos bons burgueses em um novo Marrocos, onde o cidadão respira, onde os ricos ficam mais ricos e as desigualdades persistem.

A farmácia funcionava como uma grande delicatéssen. O dinheiro entrava. A direção da fábrica de medicamentos ficou a cargo do primo-irmão de Lamia, um sujeito simpático que havia fracassado nos estudos. A imprensa comentava a iniciativa e a elogiava. Seu pai estava orgulhoso, eu também. Meu consultório funcionava normalmente. Não era o suficiente para ficar rico, especialmente porque, de forma discreta, eu não cobrava das mães cuja situação difícil eu conhecia. Como resultado, eu tinha muitos pacientes de famílias pobres. Isso esteve na origem de nossa primeira discussão:

– Você já dedicou vários anos ao hospital público, onde ganhava uma miséria. Chega! Temos uma casa para construir, e os trabalhadores, cujas esposas levam os filhos até você, nos cobrarão até pelo menor pedaço de madeira. Pare de ser uma instituição de caridade!

Definitivamente, não tínhamos a mesma visão sobre a medicina. Na farmácia, não se oferecia remédios aos pobres. Eram duas mentalidades quase opostas.

Todos os dias, ela queria saber o valor da minha receita. Isso me irritava. Ao mesmo tempo, não íamos brigar por causa disso. Seu argumento mais forte era a casa. Construir uma bela casa, digna de nossa posição, de nossa reputação e de nossas famílias. O terreno havia sido dado por seu pai. Só precisávamos encontrar um bom arquiteto, e lá íamos nós. Eu me deixava levar, também sonhava com um belo espaço, com muito verde, árvores e gramado, uma piscina e todo o conforto de um bom burguês realizado. Quando eu imaginava a futura casa, me vinham à mente cenas do filme *Nós que nos amávamos tanto*, de Ettore Scola. Eu não queria ser o personagem odioso interpretado por Vittorio Gassman, um cínico perfeito, egoísta, que tinha sucesso às custas dos outros – um advogado cuja ascensão social é garantida pelo casamento com a filha de um empresário corrupto da construção civil. Eu me via mais como o personagem interpretado por Nino Manfredi, enfermeiro em um hospital de Roma, um homem honesto, pobre e atormentado. No fundo, eu não queria ser nenhum dos dois, mas alguém que não traísse os valores inculcados por seus pais. Vimos esse filme juntos, em um festival de cinema italiano dos anos 1970. Lamia odiou, eu gostei muito. Não havia discussão possível.

Eu me adaptava à vida conjugal, tentando colocar em prática minhas ideias de ex-militante de esquerda e aos poucos fazendo com que minha esposa e sua família as aceitassem. Eu não gostava da ideia de dever algo a meu sogro. Cedo ou tarde, ela me diria: "A casa é minha, foi papai que me deu o terreno!". Meu pai seguia o princípio de não dever nada a ninguém. Um dia, ele me disse: "Na vida, nada é dado, nada é gratuito; o que nos dão hoje, cedo ou tarde pagaremos cinco vezes mais. O homem é assim: a gratuidade não existe nesse mundo. Trabalho desde os catorze anos, e não me queixo. Tudo o que adquiri foi através do meu trabalho. Essa história de terreno dado é uma armadilha em que você ficará preso! Mas você tem coragem de recusar? Não acredito, você é fraco, igual a sua mãe, deixa-se levar. Mas não quero estragar o seu dia, vá trabalhar e tente ser o melhor em sua profissão". Depois de um momento, ele acrescentou: "Realmente, não gosto dessa história de terreno dado. Sugiro que mande avaliá-lo e compre a sua parte. Pedimos um empréstimo ao banco, e isso tirará a pedra de seu sapato; melhor que ele seja metade-metade".

Eu sabia que ele estava certo, mas já havia pisado na armadilha. Como explicar a meu pai que eu estava apaixonado e que não conseguia opor nenhuma resistência aos desejos de Lamia? Eu era bastante ingênuo para acreditar que as coisas se resolveriam com o tempo e com a chegada das crianças. Mesmo assim, acabei seguindo o conselho de meu pai e propus pagar a metade do terreno para o meu sogro. Lamia ficou furiosa. Quanto a seu pai, ele foi odioso:

– Esqueça, você não tem condições de pagar a metade, nem mesmo um quarto! É um terreno localizado em uma área muito valorizada. O preço por metro quadrado não para de subir. Esqueça, vá trabalhar e cuide de sua esposa.

Para a construção da casa, criamos uma conta conjunta. Coloquei todas as minhas economias, e ela, muito mais do que eu. A farmácia rendia muito mais do que o meu consultório. Essa desigualdade me incomodava. Eu trabalhava cada vez mais, fazia visitas a domicílio para examinar crianças doentes. Consegui acumular dinheiro suficiente para que pudéssemos começar as grandes obras. Foi depois disso que os problemas começaram, no momento dos chamados "acabamentos". Tive que lidar com encanadores, eletricistas, pintores e marceneiros que não tinham noção de tempo nem de palavra dada. Ninguém sabia de fato o que estava fazendo. Todos eram incompetentes. O pior foi um suposto encanador, que havia emigrado para a Bélgica e retornado, que se apresentava como alguém que havia demonstrado suas capacidades na Europa, onde, segundo ele, "não se brinca com a competência". O marceneiro, por sua vez, fazia bem o trabalho, mas começava e depois desaparecia por semanas. Eu adiantava o dinheiro do material, ele trabalhava alguns dias e depois não voltava. Certa vez, já irritados, eu e Lamia fomos procurá-lo em seu bairro, em uma dessas periferias de Casablanca onde as pessoas vivem em construções caóticas, sem nome nem número de rua. Acabamos encontrando o tal marceneiro graças à sua bicicleta amarela. Com o adiantamento que eu havia dado, ele tinha aberto uma mercearia! Quando me viu, tentou fugir, mas eu o segurei e exigi que me entregasse sua identidade. Ele ficou com medo. Me deu explicações absurdas:

– Desculpe, eu me casei, a família de minha esposa encontrou essa mercearia, e eu a abasteci com o seu dinheiro.

Eles me enfeitiçaram! Que vergonha, abandonei minha verdadeira profissão, minha sogra é uma bruxa, se você a visse, entenderia... Mas juro por Deus que vou devolver tudo no mês que vem...

Atônitos, saímos de lá com a clara impressão de que nossa casa nunca seria terminada. Mais uma vez, o pai de Lamia interveio: ele nos enviou uma empresa de marcenaria comandada por um espanhol. Custou caro, mas era coisa séria. Lamia, por sua vez, lidava com os tapeceiros. Mais uma história... Vivíamos um pequeno inferno que nos obcecava. Só falávamos sobre a casa e os acabamentos. Eu não aguentava mais aquela situação, a construção da casa estava me enlouquecendo, eu me tornara um escravo, um homem que perdera toda liberdade e, por isso, não sentia mais desejo por sua esposa.

Certa noite, Lamia me disse:

– Você se deu conta de que já faz tempo que não fazemos amor?

– Meu desejo está abalado por tudo o que está acontecendo. Essa casa está me enlouquecendo! Não sei como você consegue, mas eu não aguento mais.

– Você está misturando tudo. Estamos construindo nosso ninho de amor, você deveria estar feliz, um ninho sólido e para sempre...

Não respondi a essa réplica que me projetava várias décadas no futuro. Envelhecer juntos. Por que não? Era preciso se preparar, abrir mão de aspectos da sua liberdade, rejeitar os prazeres egoístas da solidão voluntária.

No dia seguinte, Lamia me trouxe uma caixa de Cialis:

– É muito melhor que Viagra, você toma de manhã e o efeito dura o dia todo.

Eu não tinha mais desculpas para não fazer amor. O Cialis funcionou, e nossa noite me lembrou de nossas primeiras vezes. Eu queria muito tirar Lamia daquele ambiente, levá-la para longe e viver com ela sem a interferência de ninguém. Meu amor exigia isso, mas era impossível. Eu tinha casado com uma mulher e uma família, uma grande família, um polvo gigante.

O nascimento de nosso filho coincidiu com a mudança para a casa, embora ainda faltassem alguns detalhes para o nosso conforto. Eu estava louco de felicidade. Meus pais também. Para eles, como diz o ditado, "neto ou neta, é amor ao quadrado".

A festa do sétimo dia foi grandiosa. O pai de Lamia se atribuiu a honra de sacrificar o cordeiro e pediu a meu pai que pronunciasse o nome escolhido.

– Mehdi!

Eles ergueram as mãos juntas e recitaram a primeira surata do Alcorão. O menino havia nascido sob uma boa estrela. Mehdi nos proporcionava alegrias e noites em claro. Nos revezávamos para acordar. Lamia amamentava, eu trocava as fraldas. Quando eu falava sobre isso com meus amigos, eles zombavam de mim:

– Você quer ser um pai moderno, troca as fraldas, dá banho, faz tudo o que sua mulher deveria fazer!

Eu não levava em conta essas observações.

3

2010

Fazia cinco anos que estávamos casados.

A casa era agradável. Eu tinha um escritório no qual me isolava de tempos em tempos. Lamia estava ganhando dinheiro, diversificando suas atividades como farmacêutica. Ela ganhava mais do que eu. A fábrica de medicamentos rendia muito, mas eu não estava associado a esse projeto. Ela trabalhava bastante, frequentava círculos de mulheres da burguesia de Casablanca, jogava bridge, fumava de vez em quando.

Nossa casa era comandada por Khadija, uma mulher firme, excelente cozinheira que havia servido a uma grande família de Fez. Tudo passava por suas mãos. Éramos como hóspedes permanentes. Alimentados, acomodados, higienizados.

Tínhamos algumas rotinas estabelecidas: sexta-feira, almoço na casa dos pais; sexo na mesma noite ou no dia seguinte; domingo, sair para jantar, só nós dois ou com amigos. Enfim, éramos um casal modelo em Casablanca. Não éramos diferentes de nossos vizinhos. Trocávamos de carro a cada dois anos, passamos de um Mercedes para um Audi A6 e depois para um Volkswagen Touareg. Lamia valorizava essas demonstrações de riqueza.

Esse ritmo de vida era o começo da morte. Era preciso reagir. Uma noite, enquanto Lamia estava absorta em sua novela turca ou brasileira, refugiei-me em meu pequeno escritório para reler os *Ensaios* de Montaigne – antes de estudar medicina, eu tinha passado um ano na faculdade de letras de Rabat, onde um grande professor nos fizera amar Montaigne. Naquele dia, tomei uma série de decisões:

> *Não vamos mais comer cuscuz na casa dos pais dela nas sextas-feiras.*
>
> *Sairemos de férias sozinhos, assim que nosso filho crescer.*
>
> *Pedirei a Lamia que se inscreva em um clube de leitoras que já existe e do qual falam bem.*
>
> *Perder alguns quilos. Isso vale para nós dois.*
>
> *Praticar atividade física pelo menos duas vezes por semana.*
>
> *Dizer a verdade um ao outro.*

Quando apresentei esse programa a Lamia, ela riu:

– Mas a vida não é um programa regrado como uma partitura, a vida é acaso, aventura, movimento! Preciso ver meus pais todos os dias; leitura, você sabe que sempre tive dificuldades com isso; esporte, ok, mas em casa com um personal trainer; quanto à verdade, sou a primeira a exigi-la.

O debate foi encerrado. Ela virou as costas e dormiu tranquilamente. Ela ficou em uma posição em que suas nádegas se ofereciam claramente a mim. Talvez para me acalmar, comecei a brincar com aquele lindo traseiro. Pela primeira vez desde que nos casamos, fizemos sexo anal. Ela soltou um grito: "Continue, continue, você me acordou bem...". Descobri que ela gostava disso.

Muitas jovens magrebinas aceitam a sodomia para não perderem a virgindade. Eu queria saber o que significava para ela.

– Claro que tive relacionamentos antes de você. Mas foi com você que perdi minha virgindade. Você teve essa honra, meu querido. Os outros só tiveram meu traseiro!

– Os outros? Quantos?

– Dois ou três. E depois conheci você. Desde então, só existe você, meu amor. Diga que me ama...

– Sim, eu te amo, você sabe disso.

– Não, melhor que isso, coloque um pouco de romantismo!

– Eu te amo.

O nascimento de Yasmine, 26 meses após o de Mehdi, foi um acontecimento. Lamia estava convencida de que era graças às suas orações que Allah havia atendido seu desejo: ter um menino e uma menina. Não a contradisse. Um ano depois, ela decidiu fazer a peregrinação a Meca para agradecer ao profeta por ter atendido seu pedido. Não pude deixar de dizer que ela estava misturando tudo. Ela se tornara tão religiosa... Mais uma vez, a influência de sua mãe se manifestou; foi ela, aliás, que a convenceu a acompanhá-la a Meca. O pai, com muitos negócios a resolver, deu-lhes dinheiro e sua bênção. Quanto a mim, ninguém me consultou.

Voltou-me à mente um incidente ocorrido no último Ramadã. Não jejuo desde a adolescência. Não sou religioso, mas respeito quem é. Um dia, voltei para casa com o estômago vazio: eu precisava comer alguma coisa. O pôr do sol ainda estava longe, tínhamos que esperar três horas e meia. Lamia não deixou que Khadija me servisse algo para comer:

– Você não pode aguentar até o pôr do sol? Você não é mais criança.

– Mas estou com fome, não como desde ontem à noite...

– Faça como todo mundo, jejue!

Fui para a cozinha, peguei um pedaço de pão e algumas azeitonas. Senti vergonha, não por comer na frente dos empregados, mas por ter que roubar para saciar minha fome.

Eu não conseguia me ver vivendo com uma muçulmana estrita, abrindo mão de tomar uma taça de vinho ou de comer um bom presunto de Parma de vez em quando. Eu era o tipo de marroquino que bebia com moderação e sabia se conter. Sem embriaguez nem excessos. De vez em quando, Lamia me acompanhava. Eu abria uma boa garrafa e bebíamos juntos, era um prazer simples. Eu gostava desses momentos. Com seu recente fervor religioso, eles se tornaram mais raros. No entanto, eu ainda estava apaixonado por Lamia. Quando chegava em casa à noite, ficava feliz de vê-la, beijá-la e abraçá-la enquanto dizia palavras doces.

O estado de paixão se caracteriza por desmoronar com o surgimento, na vida cotidiana, de detalhes que, se acumulados, acabam matando o amor e, especialmente, o desejo. Eu conheceria a fase em que Adolphe constata que "é uma grande desgraça não ser amado quando se ama; mas é um grande bem ser amado com paixão quando já não se ama"?

Durante a viagem de Lamia com a mãe a Meca, mantive a tranquilidade. Os empregados cuidaram bem de mim, não me faltou nada. Lamia ligava todas as noites para me contar seu dia. Ela estava feliz em realizar aquela peregrinação e aproveitava para comprar joias de ouro feitas na Índia. Em nenhum momento senti vontade de traí-la.

Ao voltar, Lamia passou a cobrir o cabelo, frequentemente com um lenço bonito. Mas não víamos mais sua bela cabeleira. Fazíamos amor raramente, sem fantasia, sem alegria.

Eu percebia que ela se entediava, minha libido diminuía. Falei sobre isso com Hakim. Sua resposta era esperada:

– Vamos verificar tudo isso no sábado. Vou apresentar a você uma garota muito sensual, simpática, que gosta de sexo e não tem tabus. Você verá como sua libido vai despertar! É preciso se defender, meu amigo! O casamento assassino do amor é um clichê mais velho que o mundo.

Não hesitei e nem mencionei que era fiel à minha esposa. Eu estava disposto a tentar. Diria a Lamia que estava indo a uma noite entre homens na casa de Hakim. Ela acreditaria em mim. De todo modo, jamais passaria pela cabeça dela que eu pudesse traí-la.

Situação estranha. Cheguei à casa de Hakim, digitei o código e entrei. A lareira estava acesa. Chamei por ele. Ninguém. Sentei no sofá. Uma música tocava, "Night in Tunisia", com Charlie Parker. De repente, uma aparição. Uma mulher de uns trinta anos se apresentou: "Eu estava esperando por você". Alta, pouco maquiada, calça de couro justa, seios generosos, cabelos curtos. Ela se postou na minha frente e me observou com olhos convidativos.

– Nunca me aconteceu isso antes. Foi Hakim quem me convenceu a encontrar você sem saber nada a seu respeito. Mas sinto muito, na verdade eu o conheço, pois sou amiga de Lamia! Não vamos arranjar problemas... Hakim se enganou. Vamos embora como se nunca tivéssemos nos visto. Prometo nunca dizer nada à sua esposa.

Ela pegou o casaco, a bolsa e desapareceu.

Fiquei no sofá, triste e aliviado. Quando Hakim chegou, ele abriu os braços:

– Venha, deixa eu te dar um abraço!

Contei o que tinha acabado de acontecer. Ele ficou perplexo.

– Como sua esposa conhece Ghizlane? Isso é curioso.

Então ele me contou que Ghizlane era uma estudante de direito que fazia um dinheiro extra em festas da alta burguesia. Isso me preocupou. Hakim tentou minimizar a situação, mas a coincidência era perturbadora.

Com os lucros da farmácia e da fábrica de medicamentos genéricos, Lamia havia investido em um laboratório que produzia instrumentos paramédicos, pertencente a uma certa Kenza Wahbi, uma mulher berbere de Agadir cujo pai havia feito fortuna com postos de gasolina. Sua intenção era boa: fabricar produtos médicos localmente em vez de importá-los, para vendê-los a preços competitivos; num segundo momento, exportá-los. Lamia decidira inclusive baixar os preços ao máximo, especialmente os das cadeiras de rodas para pessoas com deficiência motora, dos andadores para idosos e outros objetos que não eram reembolsados pela Seguridade Social. Ela cuidava dos negócios de forma inteligente, enquanto eu trabalhava mais de dez horas por dia. Havia, sem que falássemos sobre isso, uma espécie de competição em relação à contribuição para a conta conjunta. Lamia se saía melhor, graças à sua colaboração com Kenza Wahbi.

Pequena, morena, de cabelos curtos, Kenza se deslocava de moto e nunca esquecia de usar capacete. Sua maneira de se vestir, caminhar e até falar chocava alguns homens. Eles diziam que ela havia perdido a feminilidade. Na verdade, ela era feminina até o último fio de cabelo. Mas ela preferia passar a imagem de uma mulher forte, presente no ambiente de trabalho, para romper com a imagem da mulher marroquina satisfeita em ser dona de casa. Alguns a viam como uma lésbica que não se declarava. Na verdade, ela estava desiludida com os homens. Ela só tivera relacionamentos fracassados e um dia decidira viver e agir como eles.

Lamia fora atraída por sua energia, sua vontade de progredir e superar os homens a seu redor. Kenza buscava uma revanche, porque seu pai não permitira que ela estudasse em uma universidade e fosse para o exterior. Ela lutou, saiu do país e voltou para o Marrocos com um diploma em engenharia química, além de um certificado em estudos comerciais. Ela impressionara a todos, mas infelizmente seu pai já não estava vivo para ver seu sucesso.

No círculo de amizades de Lamia, também havia um certo Daniel, um judeu marroquino cujos pais não tinham deixado o Marrocos durante o grande êxodo dos anos 1960. Eu não sabia que papel ele tinha. Lamia me dizia que pedia conselhos a seu amigo Daniel, um farmacêutico que também era dono do maior escritório de contabilidade de Casablanca. Verdade ou mentira? Eu não sabia. Acho que ela nos apresentou uma vez, mas não me lembro. Ela queria que o contratássemos como contador, pois, segundo ela, ele era muito competente.

No tocante ao dinheiro, ela estava muito à minha frente. E quanto mais dinheiro ela tinha, mais seu comportamento mudava. Ela ficava arrogante, até mesmo desdenhosa. Um dia, depois do café da manhã, ela me disse:

– Você come como um pobre, devora a comida como se fosse ficar sem.

– Ficar sem o quê?

– Enfim, não vamos insistir. Vou voltar tarde hoje à noite, Kenza está organizando uma pequena festa para comemorar seu primeiro bilhão... de centavos. Mas em breve serão dólares!

Kenza Wahbi não era dona apenas da fábrica de equipamentos paramédicos, ela também dirigia uma empresa de aluguel de carros de luxo e esportivos. Ela diversificava seus investimentos e se impunha com força em um ambiente dominado por homens que ficavam surpresos com sua ambição e modo de agir. Lamia havia conhecido Kenza em Paris. Na época, a estudante que ela era já se destacava dos demais por sua declarada ambição e sua vontade não apenas de trabalhar em um meio reservado aos homens, mas também de ser melhor do que eles e superá-los.

Comemorar o dinheiro! No Marrocos, é bastante comum. Ao mesmo tempo, o dinheiro estava arruinando nosso relacionamento. Ela voltou tarde da noite, depois de ter bebido bastante. Não valia a pena apontar a falta de coerência entre sua religiosidade recente e seu estado de embriaguez. Ela se atirou na cama, ainda completamente vestida, e murmurou:

– Faça amor comigo.

Não senti a menor vontade de dormir com ela. Felizmente, o efeito do álcool logo a fez pegar no sono. Em contrapartida, eu demorei para dormir. Lamia estava inquieta, dizia coisas confusas. Eu não entendia nada do que ela murmurava.

Depois do banho matinal, ela apareceu em sua beleza natural, com os olhos cansados. Ela me contou que foi uma festa apenas entre mulheres e que Kenza a fizera beber. Ela resistira em vão. As garotas estavam desenfreadas, dançavam, cantavam, se beijavam na boca, simulavam o ato sexual. Ela me confessou: "Entre elas, é terrível... Vocês homens não têm ideia do que mulheres liberadas fazem quando se encontram".

4

2010

Eu ainda estava apaixonado por Lamia. Ela me amava? Segundo ela, era óbvio que sim. No entanto, ela não estava sendo honesta. Dizem que as crises começam após cinco ou sete anos de convivência. Para Lamia, porém, aparentemente tudo estava bem, sem crise. Ela proclamava em todos os lugares que era feliz e que seu marido era "um homem maravilhoso".

Mas eu não tinha tanta certeza disso. Como eu costumava dizer à época: "Sou o que posso ser". A história de Ghizlane ainda me preocupava. De onde ela conhecia Lamia? Eram amigas sem eu saber? Eu era o marido na sombra de uma "bela da tarde" – referência ao romance de Joseph Kessel e, principalmente, ao filme de Luis Buñuel? Lamia não precisava de dinheiro, mas eu a imaginava, assim como a personagem, se entregando a estranhos em um hotel de luxo onde tudo acontece com discrição.

Essa ideia me obcecava. A conexão entre uma jovem que se prostituía de vez em quando e Lamia havia se tornado uma questão. Apaixonado, eu só podia alimentar um ciúme mórbido; minhas noites eram povoadas de pesadelos. Falei com Hakim, que expressou uma dúvida. Por que não convocar Ghizlane e submetê-la a um interrogatório digno da polícia marroquina, algo de que ele era capaz?

Em um primeiro momento, comecei a seguir Lamia. Os engarrafamentos de Casablanca me derrotaram. Eu deveria contratar um detetive particular como nos filmes americanos? Não, eram pouco confiáveis. Conversar diretamente com ela? Ela começaria a chorar e me culparia por alimentar pensamentos ruins sobre a mãe de meus filhos.

De tempos em tempos, eu a sondava sobre sua agenda. Resposta: farmácia, fábrica, farmácia, pais, almoço rápido com as irmãs... Eu dizia:

– E Dany?

– O que tem Dany?

– Vocês se veem fora do trabalho?

– Você está suspeitando de mim? Está com ciúmes?

– Não, só quero saber qual é a natureza da relação de vocês.

– Estritamente profissional. E você sabe muito bem que ele é judeu.

– E daí, você teria reservas em dormir com um judeu? Você sabe que meus ancestrais vieram de Granada após a Inquisição e eram judeus, posteriormente convertidos ao Islã?

– Fique tranquilo, Dany não é o meu tipo.

– E qual é o seu tipo?

– Você, meu amor.

Fim da cena.

O ciúme, como todos sabem, é uma doença. No meu caso, eu não achava que estava doente, mas era constantemente atormentado pela ideia de que Lamia estava me escondendo alguma coisa. Uma noite, quando ela chegou em casa, pedi que se despisse imediatamente. Ela se recusou, eu insisti, então a despi enquanto ela se debatia. Fiquei com suas roupas íntimas nas mãos e as examinei minuciosamente, temendo encontrar vestígios de esperma. Ela começou a chorar enquanto eu tentava consolá-la. Ao puxá-la para abraçá-la, senti cheiro de perfume masculino em seu pescoço. Ela me empurrou e gritou que eu havia me tornado louco, sádico, tirânico, cruel...

Ela não respondeu às minhas perguntas. Cansado de sua má-fé, saquei meu ás da manga: Ghizlane!

– Ah, Ghizlane, você conhece Ghizlane, essa prostituta? – ela me disse triunfante. – Então você frequenta prostitutas de luxo? Agora sei onde o dinheiro do nosso lar está indo!

– Apenas me diga onde e como você a conheceu.

– Muito bem, vou responder: Ghizlane é uma antiga colega de escola; ela cursou um ano na faculdade de farmácia e depois desistiu. Um dia, me confessou que tinha se tornado uma dessas mulheres que saem com homens ricos por uma noite e que ganhava bem. Ela entrou em uma rede eficiente e discreta. Agora você sabe quem é Ghizlane, uma acompanhante, uma prostituta de luxo, uma pobre garota, a garota para quem os homens telefonam, amaldiçoada pelos pais, e que está passando por dificuldades! Agora é minha vez de exigir explicações. Onde e como você a conheceu? Vamos, é a sua vez...

– Eu a conheci na casa de Hakim, só isso. Quando ela me viu, se desculpou e saiu batendo a porta dizendo que conhecia você, essa é a verdade.

– E então, você pensou "os semelhantes se atraem", foi isso? Obrigada pela confiança.

Ela tinha resposta para tudo. E eu gaguejava. Meu ciúme ainda pulsava. Eu sofria. O perfume masculino em seu pescoço me assombrava. Fui tomar um banho para me livrar do cheiro. Não tinha conseguido nenhuma resposta.

Diante do ciumento, a estratégia consiste em culpabilizá-lo, inverter a suspeita e aumentar seu infortúnio. Essa doença não tem cura. Leva tempo ou evidências incontestáveis para tranquilizar o outro, mas Lamia não queria me tranquilizar. Ela deixava a dúvida pairar, e eu me agarrava a ela como um pobre doente, sem saber como inverter sua estratégia.

Em alguns casos, o ciúme se manifesta através da violência. Em mim, provocava um mal-estar físico: boca seca, pernas trêmulas, gagueira. Tudo que eu mais odiava. Como trabalhar nesse estado? Tomei um sonífero e adormeci. No dia seguinte, o espectro da doença se afastava um pouco, mas assim que Lamia reaparecia, eu perdia o controle. Anotei em um caderno essa frase de Nietzsche: "O ciúme que se cala cresce em silêncio", pois ele é acompanhado, ampliado e exagerado pela imaginação.

Eu estava desamparado como uma criança perdida, corroído por uma doença insidiosa. Lamia me dera uma bofetada magistral. Dizem que o ciúme é a bofetada do amor; no meu caso, foi uma tempestade, um furacão. Minha esposa estava escapando de mim e eu não tinha nenhum meio de saber o que ela fazia na minha ausência. Ninguém podia me ajudar. Eu não iria reclamar para os meus pais, é claro.

Na verdade, do que sentia ciúme? Não havia nada tangível. Apenas suspeitas. Detalhes que eu interpretava através do ciúme. Tudo me servia para justificar esse começo de loucura.

A questão era simples. Lamia, com seu negócio florescente, com sua arrogância de mulher independente e empreendedora, tinha a ambição de provar a seus pais, ao restante de sua família, a mim, à minha família e a todos, que ela estava tendo sucesso e que podia prescindir da felicidade conjugal. O casamento se tornou um espaço muito apertado para ela. Eu, marido apaixonado e atencioso, era ultrapassado, antiquado. Essa era a verdade. Eu já não correspondia ao homem que ela havia amado no começo de nosso relacionamento. No entanto, me esforçava para fazê-la feliz.

Eu descobria que a mulher marroquina da era de Mohammed VI era livre, com um pé na tradição familiar e o outro na modernidade, passando pelo trabalho e pela inovação. Nem todas as marroquinas haviam alcançado esse estágio, longe disso. Mas eu estava assistindo a algo novo, e reagia de forma desajeitada porque não tinha previsto essa revolução.

Lamia havia apostado no dinheiro e em sua importância para se distanciar de mim. Uma distância que eu atribuía à infidelidade. Mas eu estava errado.

5

2011

Fazia seis anos que estávamos casados.

Lamia saía cada vez mais à noite. Motivo? Jantar de trabalho, ora com japoneses, ora com investidores espanhóis ou italianos. Ela se dedicava totalmente aos negócios e negligenciava a vida familiar. As crianças se queixavam. Em vez de admirá-la, eu suspeitava que ela estivesse escondendo outra vida. Ela não fazia nada para me fazer pensar o contrário, brincava com a ambiguidade. Eu gostaria de estar envolvido no que ela estava fazendo, ser seu conselheiro, por exemplo, e não ignorar tudo o que ela fazia.

Hakim, cínico e pragmático, me disse um dia:

– Se quiser, podemos preparar uma armadilha para ela, então saberemos se ela tem uma vida dupla ou não.

– Isso é perigoso.

– De fato. Mas ao menos você poderá se divorciar se tiver argumentos. Você terá a guarda das crianças e ela será obrigada a pagar pensão.

– Mas eu não tenho a menor vontade de me divorciar! Eu amo Lamia, apesar de seus defeitos, de seu mistério. Ela é uma mulher dinâmica, e entendo que ela possa dar mais de si mesma fora do que dentro de nosso relacionamento.

Em uma sexta-feira, ela não apareceu para a refeição tradicional organizada na casa de seus pais, me deixando sozinho com eles. Ela viajara para Milão para assinar um contrato importante. Isso impressionou a mãe; o pai, no entanto, se mostrou mais reservado:

– Ela não nos conta nada do trabalho. Nos contentamos com algumas palavras tranquilizadoras...

A refeição foi silenciosa. A mãe dela perguntou sobre meus pais e queria saber se eles pretendiam ir a Meca este ano. Ela acrescentou:

– Desde que voltei da Umra, não penso em outra coisa: voltar para lá! Meu marido e eu já planejamos tudo; será uma viagem organizada, tudo incluído: hotel cinco estrelas, guia de qualidade, cinco milhões por pessoa...

Ela ainda contava em centavos. Ousei dizer que, para meus pais, a peregrinação a Meca nunca foi uma prioridade, nem mesmo uma necessidade. Silêncio à mesa. Depois de um momento de constrangimento, ela me perguntou:

– Diga-me, meu filho, pelo menos você acredita em Deus?

O pai olhou para ela com desaprovação.

– Acredito na espiritualidade. A religião é uma coisa complexa e nem sempre muito clara.

– Mas você não é ateu, ao menos?

– Escute, é uma questão privada. Sou a favor da laicidade, deveríamos separar a religião dos assuntos públicos. Não envolver o islã em tudo, na educação, no casamento, no jurídico...

– Ah, meu filho! Você trouxe essas ideias da França, não foi?

– Não, das minhas leituras e das minhas convicções pessoais.

– E nossa filha sabe de tudo isso?

– Sua filha não está mais interessada em mim há muito tempo, desde o nascimento de Yasmine.

– Em todo caso, ela é uma boa muçulmana. Adorou as duas semanas que passamos em Meca e Medina, eu a vi chorar de emoção.

Era hora de agir. Deixando meu ciúme de lado, eu tentava entender Lamia, e não julgá-la rápido demais. O conselheiro Hakim, por sua vez, era radical; ele via o mal em tudo. Meu amor talvez me tornasse cego. Provavelmente. Eu esperava o momento oportuno para ter uma conversa com ela. Eu acreditava no debate, no diálogo, como se o casal funcionasse como um Estado democrático. Mas ela nunca tinha tempo. Entre as reuniões de trabalho e as amigas com quem passava as noites – pelo menos era o que alegava – não havia mais espaço para o nosso casamento, para a casa, para as crianças. Era como se ela tivesse sido encarregada por uma milícia hiperfeminista de se vingar de todos os homens que tinham se comportado mal com as mulheres. Eu era o alvo, o símbolo e a vítima. Mas vá dizer, em uma assembleia de mulheres poderosas e triunfantes, que é vítima da arrogância dela!

Eu estava em uma boa posição para constatar a que ponto o país havia mudado. Certamente, a Moudawana não era perfeita, era até injusta em alguns aspectos, mas havia libertado a mulher marroquina. Meu amigo Hakim não parava de dizer:

– Veja todas essas mulheres bonitas, inteligentes, às vezes financeiramente independentes, que se divorciam. É o caso da maioria de minhas amigas. O divórcio é uma liberdade para a mulher. O homem não suporta o fato de a mulher resistir a ele, trabalhar, ser independente e até ganhar mais do que ele. Não há mais harmonia. Elas chegam com uma grande expectativa, divorciadas sim, mas não desiludidas com o casamento, elas querem tentar de novo e ter filhos. E nós temos que corresponder a todas as expectativas! Elas não percebem que estão indo longe demais. No fundo, ainda estamos na fase dos acertos de contas, que é onde você se encontra agora, meu pobre amigo! Veja bem, na época dos nossos avós, as pessoas se casavam e depois o homem tinha seu trabalho, sua vida na rua, enquanto a mulher esperava pacientemente que ele voltasse. Essa época felizmente acabou. Acabou a mulher que fica em casa e aceita tudo!

– Mas que contas, e por que comigo?

– Porque você se casou. E o problema é que você se apaixonou, perdidamente, por sua esposa.

– Mas eu estou feliz... enfim, acho que estou.

– Tudo bem então, continue assim. Não vou dizer mais nada.

À noite, depois do jantar, tentei abordar o assunto da nossa relação, que se tornara tensa, mas Lamia cortou a conversa afirmando que não havia problema algum, que ela estava trabalhando demais, mas que tudo estava bem.

– Boa noite, durma bem, amanhã vou para Barcelona, falar com investidores. Você vai ver, graças a mim o Marrocos vai exportar medicamentos e dispositivos paramédicos para o resto do mundo a um preço muito baixo. Esse é meu objetivo.

Ela me deu as costas e adormeceu rapidamente. Que sorte! Enquanto isso, eu repassava em minha cabeça cenas inteiras do filme de Bergman, *Cenas de um casamento*:

Eles fazem amor depois que o marido anuncia à sua esposa que a está deixando porque está apaixonado por outra mulher. Eles choram.

Ela: Fomos convidados para o aniversário do seu pai; o que vou dizer às meninas? O pai de vocês está me deixando para ir morar com outra mulher?

Ele não diz nada, se prepara para sair, uma mala na mão.

Ela chora, se agarra a ele, tenta segurá-lo.

Ela: Não posso viver sem você.

Ele se desvencilha dela com violência.

Ela: Eu não consigo acreditar; minhas amigas sabiam e esconderam isso de mim? Vá se foder.

Ele, sem dizer uma palavra, abre a porta e vai embora.

Era uma cena forte, mas ela não me dizia respeito; eu não queria deixar Lamia, não estava apaixonado por outra mulher – mas também não estava tranquilo nem realmente feliz.

6

2012

Fazia sete anos que estávamos casados.

Nossos filhos estavam crescendo. Às vezes, brigavam entre si. Costumávamos passear aos domingos quando a mãe deles estava ausente. Íamos a um pequeno restaurante na costa, almoçávamos peixe e depois passeávamos por La Corniche enquanto comíamos sorvete. Um dia, Mehdi me perguntou:

– É verdade que a mamãe ganha mais dinheiro do que você?

– Escute, meu filho, o dinheiro é apenas a poeira da vida. Não devemos desprezar nem admirar o dinheiro. Ele é um meio para alcançar um objetivo nobre. Compramos objetos, materiais e pagamos por serviços, mas não podemos comprar amor, amizade ou carinho. Quando eu era criança, aprendi uma bela canção espanhola que dizia: "*El cariño verdadero no se compra, no se vende*". O verdadeiro carinho não se compra nem se vende.

– Sim, mas você não respondeu à minha pergunta.

– Sua mãe trabalha muito para realizar o grande projeto dela para o Marrocos, é por isso que com frequência se ausenta. Sua ambição é fabricar medicamentos no Marrocos e vendê-los a preços baixos, porque o cidadão comum tem dificuldade de se tratar. Mas ela ama vocês, e nós nos amamos.

Nesse momento, Yasmine, que tinha quase três anos, disse:

– Eu amo minha mamãe e meu papai.

Quando voltou de Barcelona, Lamia estava radiante. Ela tinha me comprado um presente, um maravilhoso suéter de caxemira. Ela sugeriu que comemorássemos o décimo aniversário do nosso primeiro encontro. Depois do jantar, ela preparou um banho de banheira e me pediu para me juntar a ela. Ela me massageou com um óleo suave para relaxar. Nós nos acariciamos e depois continuamos na cama. Meu prazer era intenso, o dela também. Ela me disse que tinha lido algumas coisas para apimentar nossa maneira de fazer amor. Ela inovava, demonstrava mais imaginação do que eu, provocava em mim um prazer incrível, em suma, eu tinha diante de mim uma expert, eu não a reconhecia. Daí a supor que ela tinha aprendido tudo isso nos braços de um amante mais jovem e vigoroso havia apenas um passo, que minha imaginação não deixou de percorrer.

A dúvida persistia. Fazíamos amor com mais frequência e sempre era maravilhoso. Valia a pena perguntar se ela estava me traindo? Com certeza não. Eu não teria resposta e minha dúvida só aumentaria. A cegueira me convinha, de certo modo.

Uma noite, ao fechar o consultório, uma jovem chegou com um menino de três anos, bonitinho e bem-educado. Auscultei o menino. Ele não tinha nada específico. Estava tossindo um pouco, mas não era grave, apenas um resfriado leve. Logo percebi que o menino era apenas um pretexto. Enquanto ele brincava ao lado, ela me disse:

– O que acha de mim?

– Como assim?

– Eu sou atraente?

– Não sei; eu não sou psicólogo, sou pediatra.

– Sim, mas meu marido não me toca há mais de um ano. Tenho dúvidas de minha feminilidade, estou infeliz e tenho muitas perguntas.

– Deveria conversar com ele sobre isso.

– Não, ele está em seu próprio mundo. Volta para casa à noite, come, joga no tablet e me ignora.

– É triste...

– Será que eu poderia ligar para você um dia em que você tenha tempo? Eu gostaria de conversar, me faria bem desabafar com alguém como você.

– Aqui está o número de meu celular.

Meu olhar acompanhou sua saída do consultório. Corpo bonito, cabelos longos, olhos cinzentos. Eu me perguntava: "Ela teria o poder de me tirar de meu relacionamento complicado com Lamia? Talvez ela é que me ajude. Por que não ter um caso?".

Minha assistente lançou um olhar pouco amistoso para ela. Eu não fiz comentários. Mas a ideia de encontrá-la fora do consultório, talvez na casa de Hakim, estava se formando em minha mente.

Uma semana depois, ela me ligou. Parecia perturbada. Me pediu para vê-la o mais cedo possível. Eu marquei um encontro para o dia seguinte na casa de Hakim. Lamia, como de costume, estava viajando. Eu estava curioso e até lisonjeado. Por que ela me escolheu? Claro, eu era conhecido por um pequeno círculo de mães, mas daí a me transformar em conselheiro conjugal...

Ela se chamava Amina. Ao entrar no apartamento, pensei que fosse desmaiar. Ela estava vestida de maneira sexy, mas discreta, perfume delicado, maquiagem leve, um belo decote.

– Estranha, não?

– O quê?

– Minha abordagem. Você não acha?

– Sim, um pouco, mas sou médico, é compreensível.

Ela se sentou no sofá perto da lareira e acendeu um cigarro. Abri uma garrafa de vinho tinto. Ela pediu branco. Felizmente, a casa de Hakim estava bem equipada. Enquanto eu lhe servia um copo de vinho branco, ela me disse:

– Me tome! Eu vim para isso.

Engoli discretamente um comprimido azul para ajudar. Meu pau estava bem duro. A novidade é o melhor afrodisíaco.

– Não se assuste se você vir um pouco de sangue, estou no fim da menstruação.

Fechei os olhos e a beijei. Da sala para o quarto, nos despimos com um raro frenesi. Esqueci o casamento, as preocupações, as perguntas vagas, fui levado pelo furacão do desejo.

Ela tinha seios pequenos, perfeitos para as minhas mãos. Eu os acariciava e mordiscava. Eu queria beijar sua vulva, mas a possibilidade de sangue me desanimou. Eu a penetrei lentamente. Ela soltou um grito e depois me pediu para continuar. Eu não conseguia fazê-la gozar. Ela chorava, eu não sabia se de prazer, de arrependimento ou vergonha.

– Sinto muito, estou tensa, mas o que você fez é magnífico, você libertou uma mulher que vivia sob o jugo de um homem brutal e indiferente. No começo, ele era maravilhoso. Depois do nascimento do bebê, ele se afastou de mim e desde então me ignora. Para eu ter prazer, preciso de tempo, preciso me acostumar com seus braços, seu cheiro, sua gentileza.

Ao ir embora, ela perguntou se poderia me ligar.

– Não, melhor não. Sou casado e amo minha esposa. É a primeira vez que durmo com outra. De todo modo, você é uma mulher incrível, merece amor e carinho.

Em casa, adormeci imediatamente. E tive um pesadelo totalmente plausível. Nesse sonho, à noite, Lamia me esperava:

– Foi bom com a Amina?

Fingi surpresa, mas sabia que negar não adiantaria.

– Sim, a bela Amina com seus pequenos seios tão excitantes...

– O quê? Você a enviou para me testar? Parabéns! Não, não foi bom, ela chorou e eu disse que era casado e amava minha esposa.

– Mas você transou com ela mesmo assim!

– Sim, mas eu não me senti bem, não queria trair você.

– Você é engraçado! Dorme com uma desconhecida e não quer me trair. Vou fazer o mesmo e vou dizer: "sabe, eu não queria, mas cedi porque te amo".

– Tudo bem, você venceu. O que quer agora?

– Nada, agora está feito. Você vai ganhar um prêmio!

– Mas quem é essa mulher que aceitou fazer esse teatro?

– Cinco mil dirhams!

Fim do sonho. Acordei encharcado de suor. Lamia dormia profundamente. Um anjo, sim, eu a via como um anjo.

No café da manhã, contei a ela meu pesadelo. Ela riu e me fez jurar que nunca a trairia. Ela pegou um pão redondo, e me fez jurar sobre aquele delicioso pão, símbolo da vida.

Eu jurei, e não pedi nada em troca. Estava aterrorizado que ela me dissesse que tinha um amante.

7

2013

Fazia oito anos que estávamos casados.

Propus a Lamia viajar de férias para a Itália ou para o sul da Espanha. Ela concordou, só precisava de tempo para se organizar com o trabalho. Uma manhã, ela me disse:

– Tudo certo para a Andaluzia! Uma semana em Granada e Sevilha.

Organizei minhas coisas também. Os avós ficaram com as crianças, o motorista as levaria para a escola. Tudo estava indo perfeitamente. No último minuto, surgiu uma questão:

– Quem paga o quê? – ela me perguntou.

– Enfim, Lamia, não vamos falar de dinheiro. A conta conjunta está cheia. Vamos apenas retirar dela.

– Ah não, o dinheiro que está nessa conta fui principalmente eu que coloquei, então não mexemos nela!

– Você se tornou avarenta?

– Não, econômica. Não sabemos o que a vida nos reserva.

– O que você sugere?

– Cada um paga a sua parte.

– Mas não fazemos isso em nossa sociedade. É vergonhoso. Você seria capaz de cobrar aluguel de seus filhos um dia!

– Perfeitamente, eles precisam aprender que o dinheiro se conquista.

– Se seus pais ou os meus a ouvissem, ficariam horrorizados. Sempre criticamos os europeus que têm uma relação diferente com o dinheiro, e você é como eles. Um centavo é um centavo...

Decidi pagar todas as despesas da viagem. Azar das economias que eu não conseguia fazer. Ela não recusou, pelo contrário: "Já que o dinheiro é seu, aceito ser sua convidada".

Nós pegamos um voo Casablanca-Málaga, depois aluguei um carro. O tempo estava bom. O azul do céu andaluz é especial, um azul que acalma e nutre. Durante a viagem, eu passei longos momentos em um café, de frente para o sol.

Um dia nos deparamos com festividades em comemoração ao aniversário de nascimento de Federico García Lorca. Um festival internacional de poesia estava sendo realizado no parque que leva o nome do poeta e visitas estavam sendo organizadas a Valderrubio, a pequena cidade onde Federico passou sua infância. Contei a Lamia a história desse escritor, um gênio que foi assassinado pelas milícias de Franco porque era poeta e homossexual. Ela o havia estudado vagamente na escola, mas pouco se lembrava dele.

A visita à casa da família Lorca, transformada em museu, foi muito emocionante. Tudo permanecia inalterado desde a prisão de Lorca. Preso pelo exército franquista em 17 de agosto de 1936, ao amanhecer, ele fora levado a nove quilômetros de Granada, perto da Fuente Grande, que nossos ancestrais árabes chamavam de Fonte das Lágrimas, e executado. Às cinco horas da manhã, soldados tinham invadido a casa onde ele estava escondido havia uma semana. Um amanhecer cinza, de céu nublado. Um céu de agosto. A ordem formal de prendê-lo e matá-lo, com cinco ou seis mil concidadãos, trabalhadores e intelectuais, fora dada pelo governador civil de Granada, o general franquista Valdés. Aquele dia testemunhara o massacre de milhares de inocentes, presos e executados por suas opiniões. Federico García Lorca fora uma vítima entre tantas outras. Ele provavelmente fora jogado em uma vala comum e se juntara ao povo que celebrava em sua poesia.

Sua morte não fora apagada pelo tempo. Mas no museu que um dia havia sido sua casa familiar, não havia uma palavra sobre isso. Como se fosse um tabu. Estavam expostas fotos do poeta com os amigos, com os pais, em viagens. Não havia nada sobre sua morte.

Chamei a atenção de Lamia para isso e ela respondeu:

– Coitado, morreu tão jovem! Não tinha nem quarenta anos! Que horror.

Ao voltarmos para o hotel em Granada, li alguns poemas para ela, traduzidos para o francês. Normalmente, ela não lia poesia. Naquele momento, porém, prestou atenção até o fim.

No restaurante, fomos bem recebidos. Antes mesmo de fazermos o pedido, o garçom colocou pão, azeite e pedaços de linguado frito na mesa. Tomamos um copo de vinho cada um. Estávamos serenos e até felizes. Lamia pegou minha mão e disse:

– Por que no Marrocos vivemos tão tensos?

– É verdade... Aqui, estamos de férias. Além disso, o ambiente e o bom humor natural dos espanhóis ajudam a nos deixar à vontade. Em casa, somos perseguidos por pequenos problemas diários. É difícil ignorá-los!

Então, sem transição, ela fez uma pergunta relacionada à visita da manhã:

– Se o general Oufkir tivesse tido sucesso em seu golpe de Estado em 1972, ele teria feito como Franco, não é mesmo?

– Com certeza! Os militares, quando tomam o poder pela força, sabem que não têm legitimidade para exercê-lo, então instauram o medo e não hesitam em se livrar de seus oponentes. O Marrocos teria se tornado um país caótico, como a Síria ou o Iraque.

– Que sorte termos escapado dessa desgraça...

A volta para o Marrocos foi cansativa. O avião atrasou várias horas, os passageiros estavam nervosos. Lamia reclamava, ela havia planejado jantar com as amigas. Eu lia jornais e esperava.

8

2014

Fazia nove anos que estávamos casados.

Recebi uma ligação naquela manhã, de Karim, um velho amigo da faculdade. Ele era pediatra, como eu:

– As crianças palestinas precisam de nós. Você viu as imagens na televisão ontem? Horríveis. Faz quatro dias que o exército israelense bombardeia Gaza, sem distinguir entre os imbecis que lideram o Hamas e a população civil. Fui contatado pela Cruz Vermelha para ajudar as crianças feridas. Você vem comigo?

– Só me dê um tempo, acabei de voltar de férias; preciso me organizar. Ligo para você amanhã.

Minha decisão já estava tomada. Eu teria que anunciá-la à minha esposa.

– O quê? Você vai para a Palestina? Você pensou em seus próprios filhos, em mim, na família? Você percebe o risco que vai correr?

– Sim, mas preciso ser útil, prestar serviço a um povo mal governado, que vive sob embargo há anos. É uma guerra, mas estarei protegido pelo Crescente Vermelho Palestino e por observadores da ONU.

– Imagino que Karim o tenha arrastado para essa história? Ele é solteiro, pode ir para onde quiser!

– Sou responsável por minha vocação. Vou com ele e não se preocupe, vamos fazer o bem, cuidar de crianças, operá-las, salvá-las, devolver a todas um pouco de esperança. Levaremos material e remédios conosco.

Lamia estava à beira das lágrimas. Ela tinha um pressentimento ruim. Eu nunca a havia visto naquele estado. Antes que ela levantasse a questão, eu a tranquilizei:

– Não se preocupe, seremos mantidos. Não gastaremos nada.

– Mas haverá uma perda de renda... Que idealista. Você pensou em nossos filhos?

– Pensei neles, justamente. Imaginei meus filhos entre dezenas de crianças feridas por bombas e esperando por ajuda. Temos a sorte de viver em um país em paz. Isso não é motivo para não ajudar os que estão sofrendo. Eles são inocentes.

Naquela mesma noite, arrumei minha mala. Fiz algumas ligações, para que colegas me substituíssem por turnos. Eu estava feliz em participar dessa missão. Nunca fui um grande militante, não posso dizer que a Palestina fosse minha luta. Como todo mundo, eu ficava comovido com a desgraça que se abatia sobre aquele povo, também ficava irritado com seus líderes corruptos ou sob a tutela do islamismo iraniano. O Hamas era financiado pelo Irã. Seus líderes provocavam Israel lançando foguetes que a sofisticada tecnologia das Forças Armadas de Israel conseguia interceptar. Seguiam-se retaliações e bombardeios. Uma política criminosa respondendo a uma política irresponsável.

No voo Casablanca-Amã, Karim, como sempre, tinha um monte de jornais que lia atentamente. Ele era um apaixonado. Não era a primeira vez que o Crescente Vermelho Palestino lhe confiava uma missão.

No aeroporto de Amã, um carro veio nos buscar. Estava quente. Era julho de 2014. Havia algumas barreiras. Nosso acompanhante parecia ser alguém conhecido. Após oito horas de viagem, chegamos a Gaza e logo começamos a trabalhar. Havia duas salas: uma com crianças levemente feridas, outra com crianças com ferimentos graves. Dividimos o trabalho. Era preciso salvar os que sofriam mais. Havia pais chorando em bancos, esperando por um milagre. Nosso acompanhante nos disse: "O milagre são vocês, porque nossos médicos estão sobrecarregados em todos os lugares". Era preciso trabalhar rápido e não fazer perguntas. Era a guerra. Mais tarde se tentaria descobrir o responsável por aqueles massacres. O exército israelense era conhecido por ser impiedoso, e o Hamas era louco por provocá-los. Era um círculo vicioso que se repetia a cada cinco ou seis anos. Em Ramallah, sede da Autoridade Palestina, a vida seguia tranquilamente. Os palestinos eram campeões da divisão. Com sua política contraditória, eles nunca conseguiriam recuperar seus territórios. As colônias se multiplicavam. Era preciso estar lá para entender a complexidade do conflito. No Marrocos, tínhamos apenas uma vaga ideia do que estava acontecendo no local. Nossa solidariedade era mecânica – slogans e um pouco de ajuda. Mas não tínhamos como influenciar a situação. O Irã comandava o jogo.

Após um mês, vieram nos buscar. Era o fim da guerra, ao menos rumores o previam. Os pais organizaram uma festa para nossa despedida. Estávamos cansados, mas felizes por termos sido úteis. Felizes de voltar para casa também. No avião de volta, Karim levava uma sacola de jornais cujas manchetes anunciavam: "Guerra em Gaza: o saldo de vítimas da Operação Margem Protetora"; "Terceira guerra em Gaza em menos de seis anos". Eu não tinha vontade de lê-los. Coloquei uma máscara nos olhos e adormeci.

Na chegada ao aeroporto de Casablanca, a polícia nos aguardava. Fomos interrogados sobre o que fizemos. Os agentes foram corteses, nós estávamos cansados. Eles fizeram dezenas de perguntas, sob a justificativa de que "estamos apenas fazendo nosso trabalho". Eles encheram dois dossiês com informações. Um dos policiais nos agradeceu, os outros nos acompanharam até a saída. Nossas malas nos esperavam em uma sala. Nossas famílias também.

Lamia estava tensa. As crianças correram até mim e me abraçaram. Durante o trajeto entre o aeroporto e a casa, nenhuma palavra. Dei às crianças os pequenos presentes que alguns pais tinham me dado. À noite, Lamia me disse:

– Estou orgulhosa de você. Mas fiquei com medo. Vamos, descanse. Amanhã você volta a trabalhar no consultório.

– Sim, claro. Amanhã, consultório.

Adormeci sem dizer mais nada.

9

2015

Fazia dez anos que estávamos casados.

Yoga e adoção: esse era o novo programa de Lamia. Eu tinha dificuldade de aderir ao yoga e à meditação. Quanto à adoção, no Marrocos ela é muito complicada. É simplesmente proibida, de acordo com o Alcorão. Em contrapartida, a *kafala* é permitida: você pega a criança, mas ela não recebe seu nome; ela nunca será um filho ou uma filha de pleno direito e, no momento da sucessão, não receberá nenhuma parte da herança, mesmo que você lhe deixe por escrito uma parte de seu patrimônio. Pois não existem testamentos no Marrocos. Um bilionário certa vez tomou sob sua proteção um menino de um orfanato. Ele sempre o considerou como seu filho, já que ele e sua esposa não podiam ter filhos. Quando ele morreu, deixou um escrito em que concedia uma parte de seu patrimônio ao filho "adotado". O irmão do bilionário, tão rico quanto ele ou mais, contestou o testamento em nome da religião, e o tribunal lhe deu razão. Esse caso fez muito barulho na época.

A proibição da adoção no islamismo vem de uma história vivida pelo profeta Maomé, relatada na *Sira*, tomo 2, de Mahmoud Hussein:

Era uma vez um jovem órfão escravo vendido a Khadija, esposa do profeta. Seu nome era Zayd ibn Haritha. O profeta o libertou e lhe concedeu a liberdade ao adotá-lo.

O Mensageiro de Deus o casou com Zaynab bint Jahsh, uma jovem muito bonita.

Depois que eles se estabeleceram em Medina, o profeta visitou a casa do filho adotivo. A porta estava entreaberta. Atrás estava Zaynab, com os cabelos soltos, usando um vestido leve. O coração do Mensageiro de Deus ficou abalado com essa presença tão sensual. A mulher o convidou a entrar, mas ele recusou, pois Zayd não estava lá.

Quando o jovem marido voltou para casa, Zaynab lhe contou que o Mensageiro de Deus o havia procurado. Zayd ficou preocupado.

– Você não o convidou a entrar?

– Sim, convidei, mas ele recusou.

– Ele disse alguma coisa?

– Ele disse ao sair: "Glória a Deus Todo-Poderoso, glória Àquele que controla nossos corações".

Zayd pensou que aquela visita era uma grande honra. Além disso, o profeta tinha se mostrado sensível à beleza de sua esposa. Era impensável recusá-la a Maomé. Zayd se apresentou a ele e disse:

– Quero me separar de minha esposa.

– Por quê? Ela cometeu um erro grave? Uma traição, por exemplo.

– Não, de forma alguma. Só vejo qualidades nela.

– Então mantenha sua esposa e submeta-se a Deus.

Zayd foi embora. Ele nunca mais teve relações íntimas com ela, convencido de que Deus havia escolhido Zaynab como esposa para Maomé.

Um dia, enquanto estava com Aisha, sua esposa mais jovem, Maomé foi tomado pela Revelação. Quando voltou a si, sorriu e disse:

– Quem vai levar a boa notícia a Zaynab, anunciando-lhe que Deus a dá a mim como esposa?

Ele então recitou o versículo: "Quando Zayd não tinha mais relações com ela, a casamos com você" (surata XXXIII, versículo 37). Outro versículo se seguiu: "Deem a seus filhos adotivos o nome de seus pais, isso é mais justo diante de Deus [...] Maomé não é pai de nenhum de vocês, ele é o Mensageiro de Deus e o Selo dos Profetas".

Zayd ibn Mohammad recuperou seu nome de origem, Zayd ibn Haritha.

Ele não era mais filho de Maomé, então este tinha toda legitimidade para se casar com a bela Zaynab. Foi assim que um versículo corânico foi revelado ao Profeta, proibindo a adoção e substituindo-a pelo conceito de "*kafala*".

Lamia ouviu atentamente essa história que contei a ela e, em seguida, se levantou e disse:

– Fui a um orfanato levar remédios; faço isso todos os anos. Visitei os quartos onde as crianças dormem e meus olhos foram atraídos por uma menininha: de olhos bem abertos, ela sorria para mim e se mexia como se me pedisse para pegá-la no colo. Foi o que fiz. Ela encostou a cabeça em meu ombro, e fui tomada pela emoção. Comecei a chorar. A responsável me disse: "Se quiser adotá-la, facilitarei os procedimentos. Essa menina foi deixada há seis meses na entrada do orfanato. Ela é bonita e muito esperta para a idade dela". Aceitei. Admito que deveria ter conversado com você antes. Temos um encontro marcado na próxima semana para assinar os papéis e adotar essa criança que se chama Najat, que significa "Aquela que foi salva"!

Foi assim que nossa pequena família cresceu, com a chegada de uma maravilha, linda e sorridente.

O yoga entrou em casa junto com Najat. Nesse quesito, minha relutância era inabalável. Lamia encontrava nesses exercícios uma maneira de relaxar e ficar mais disposta – mas não necessariamente comigo. Ultimamente, ela andava nervosa. Pensei que fosse passageiro, mas ela falava pouco e mantinha o rosto fechado.

A chegada de uma terceira criança mudou o equilíbrio da casa. Tivemos que contratar uma jovem para cuidar de Najat. A chegada da pequena em nossa família merecia uma festa. Como apresentá-la? Como uma filha adotiva ou uma filha gestada por Lamia durante nove meses? A ideia de dizer que ela era uma filha prematura que Lamia dera à luz discretamente em um hospital público foi cogitada por um tempo. Ainda que os avós conhecessem a verdade, os convidados, especialmente as primas acostumadas a fofocar sobre tudo, não saberiam da adoção, principalmente porque uma delas tivera a infelicidade de adotar um menino recém-nascido no orfanato: ele era filho de um casal alcoólatra, o que ela não sabia. O pobre menino havia herdado as sequelas desse vício. Estava sempre doente, chorava e gritava o tempo todo.

Sugeri que a festa para Najat ocorresse para um pequeno grupo. Que reuníssemos membros da família para uma tarde com chá e bolos. Mas Lamia queria algo maior. Ela queria marcar a ocasião e contar a verdade a todos. Seu pai puxou-a para conversar e lembrou que tínhamos violado a lei. Tínhamos conseguido uma certidão de nascimento porque subornamos uma pessoa no hospital e outra pessoa no registro civil.

No fim, a festa se tornou um lanche de aniversário. Ninguém comentou nada. Najat estava feliz; ela ria, estendia os braços e batia palmas. Era uma alegria vê-la assim. Mais uma vez, Lamia me surpreendera – essa adoção tinha sido uma excelente ideia! Ela havia salvado a pequena de um destino sombrio. No entanto, algumas mulheres invejosas faziam cara feia. Lamia deu um fim à decepção delas:

– Najat é nossa filha, queiram vocês ou não. Vocês podem ir até o orfanato mais próximo e ver o que ninguém quer encarar. Não somos pais perfeitos, mas meu marido e eu estamos muito felizes com a chegada deste anjo em nossa casa. Se quiserem bancar as policiais, façam isso, mas não em nossa casa!

Ela pegou Najat no colo e começou a dançar, cantando. As crianças batiam palmas, eu estava realizado.

Eu tinha muito trabalho no consultório. Tinha a reputação de ser um bom médico, humano e competente. Isso é o que os pacientes me diziam. Eu trabalhava o dia inteiro, parando apenas uma hora para almoçar. Os engarrafamentos de Casablanca não me permitiam voltar para casa, então eu frequentava um pequeno restaurante no bairro. Era um lugar de fofocas e rumores, principalmente políticos. Os islamistas no poder eram criticados o tempo todo, mas o soberano era admirado por ter respeitado os resultados das eleições. Eu comia rápido e voltava para o consultório, onde todos os dias uma fila se formava à porta.

À noite, estava exausto. Eu precisava de conforto, de uma esposa carinhosa que me recebesse com um sorriso e massageasse minhas costas. Mas eu não tinha nada disso. Quando eu chegava, apenas as crianças me faziam festa.

Em frente à nossa casa, havia um terreno baldio cercado por um muro branco. Nesse muro, havia um número de telefone para entrar em contato com a agência responsável pelo terreno e uma série de grafites, desenhos em preto e branco. Um desses desenhos representava um enorme pênis caminhando em dois pés, com uma inscrição em árabe: "A igualdade entre homens e mulheres é impossível". Não era um desenho de criança, mas de um adulto revoltado. Eu pensava: "É incrível como o sexo nos obceca". Lamia, que havia notado isso há muito tempo, não comentou nada. Ela pediu a nosso motorista, Lahcen, que pegasse algo para apagar o "im" de "impossível". Isso provocou uma discussão bastante estranha naquela noite:

– A igualdade é um ideal – me disse ela. – Não concordo com as feministas que a reivindicam a todo custo. Somos diferentes, é isso que torna nossas relações interessantes. Que fique bem claro, porém, que pago o mesmo salário a todos os meus funcionários, homens e mulheres.

– Você aceita o sistema corânico de herança em vigor há tanto tempo entre nós, de uma parte para o homem, meia parte para a mulher?

– Ora, é claro, quem sou eu para reformar um texto sagrado? O Alcorão é intocável. Nada pode ser modificado nesse texto revelado. Isso significaria rejeitar o Islã e a fé em Deus. Espero que não seja o seu caso.

– Você sabe que eu acredito mais na espiritualidade, no espírito que permanece depois da morte de nossos entes queridos. Mas o Islã não é contra uma sociedade que evolua e mude algumas práticas...

– Onde você viu isso? Está inventando!

A discussão acabou abruptamente. Um oceano nos separava... Eu me consolava pensando em um casal de amigos suíços que tinham se casado, embora ele fosse totalmente ateu e ela muito religiosa. Eles se respeitavam mutuamente e o casamento não sofria com essa divergência. É preciso dizer que a base sobre a qual o casamento fora construído era sólida, feita de amor profundo e seriedade.

No Marrocos, a maioria dos cidadãos não desenvolve a noção de respeito à lei e aos direitos. É uma questão de educação. A religião rege a sociedade em quase todos os níveis – exceto no sistema bancário. O ganho sobre o dinheiro é proibido no Islã, mas todo mundo fecha os olhos para isso e ninguém invoca o Islã quando pede um empréstimo ao banco.

– Você, que lida com bastante dinheiro, pega empréstimos, os paga com juros, enfim, age como se o Islã não fosse contra isso.

– Sim, o Islã é tolerante. Isso também se aplica à proibição de consumir álcool. O Islã tolera as coisas, desde que não exageremos e não sejamos irresponsáveis.

– É curioso, você concorda com o Islã quando isso é conveniente para você. E o que é ainda mais curioso é que os marroquinos bebem muito, mas não tocam em carne de porco.

– O porco se alimenta de lixo, come qualquer coisa, é nojento.

– Vou lhe ensinar uma coisa, se me permite: na época do profeta Maomé, não havia vestígios de porcos na Arábia. Mesmo assim, o profeta se perguntou por que os judeus proibiam seu consumo. Bem, ao ler a Torá, ele teria descoberto que a genética do porco e do homem são muito parecidas. Comer porco seria antropofagia!

– Pensei que o animal que mais se assemelhasse a nós fosse o macaco.

– Sim, em alguns elementos físicos. Mas o coração do porco é quase idêntico ao do homem, o que não é o caso do macaco. E agora, meu amor, você me ama?

– Que mania é essa de querer ouvir "eu te amo" o tempo todo? Claro que te amo, não dá para ver?

– Nem sempre.

– Enfim, você já viu seus pais se beijando e dizendo "eu te amo"? Não, então pare de achar que está em um filme ou em uma série americana!

Não sou fundamentalmente romântico, mas gosto que o carinho seja expressado.

10

2016

Não sei mais por quanto tempo estávamos casados. Não sei mais contar. Os dias e os anos tinham se tornado indefinidos. Não que eu esteja perdendo a memória, mas não consigo mais situar no tempo o início e o fim do relacionamento. Sim, o fim não é materializado pelo divórcio, pelo menos para mim. O divórcio é como um luto, leva tempo.

Eu tinha uma ambição: permanecer curioso, atento, realizar projetos e manter a capacidade de me surpreender. Essa foi uma das lições que herdei de meu pai. Todas as manhãs, indo para o consultório, eu tentava fazer um balanço de nossa vida, ver o que poderia ser melhorado. Não tenho a impressão de que essa tenha sido uma preocupação importante de Lamia. Ela mergulhava de cabeça em seus projetos e não parava para refletir. Ela não frequentava mais seu clube de yoga, achava-o muito restritivo. Ela me disse que ouvia romances em áudio quando estava viajando.

Uma rotina se estabeleceu em casa: eu sempre acompanhava os deveres das crianças e jantava sozinho com elas. Lamia chegava cada vez mais tarde. O trabalho a absorvia. Reuniões, viagens para outras cidades. Eu não verificava. Às vezes, tinha vontade de fuçar em suas coisas em busca de indícios de alguma traição. Eu resistia. No entanto, isso me perturbava. Se eu entrasse nessa espiral, era bastante provável que descobrisse coisas desagradáveis. Nunca olhei as mensagens em seu telefone ou seus e-mails. Questão de respeito – ou medo de descobrir um segredo?

Foi minha mãe que abordou o assunto com certa cautela:

– Me diga uma coisa, meu filho, você sabe o que sua esposa faz nas viagens?

– Não, eu confio nela.

– Bem, as pessoas comentam. Histórias chegam até mim. Mas me recuso a acreditar que minha nora tenha cometido adultério. Isso não faz parte de nossas práticas, nem de nossa família. Nós valorizamos a moral.

– Você tem alguma informação ou são apenas rumores?

– Não, eu não tenho informações, mas posso me informar. Não é normal uma mãe de família chegar em casa todos os dias tão tarde. Isso me preocupa. Esteja atento, nunca se sabe. As mulheres escondem melhor do que os homens, especialmente em nossa cultura.

A partir desse momento, entramos novamente na era da suspeita. Era mais forte do que eu. Eu via Lamia com outros olhos. Interpretava cada um de seus gestos, cada uma de suas palavras em função de uma possível infidelidade. Ela estava cada vez mais bonita, realizada, radiante. Eu pensava: "Com certeza não sou eu quem a deixa tão feliz. Estou cansado, preocupado e desconfiado". Uma mulher apaixonada é coisa que se percebe imediatamente.

Esse brilho devia vir de um novo amor. Eu estava cada vez mais convencido disso. Sem necessidade de discursos ou provas materiais. O amor faz viver, reviver. Ele embeleza e abre perspectivas. Era o que eu observava em Lamia. Eu não fazia perguntas. Esperava o dia em que ela me diria com um grande sorriso: "Precisamos conversar".

Nós não conversamos.

Até o dia em que, com os olhos vermelhos de tanto chorar, ela saiu do banheiro e, olhando para baixo, me disse:

– Ele me deixou... e eu vou deixar você.

Repeti a frase dela.

– Mas quem é "ele"?

– Não importa o nome desse homem. A verdade é que eu não suporto ter sido abandonada, rejeitada. O resto é detalhe.

Como um professor, eu repeti depois dela:

– Detalhe. Sim, e o que mais?

– Não estou em condições de confessar tudo. Já é demais eu ter dito a verdade.

– A verdade.

Eu repeti: "Ele deixou você", "o resto é detalhe", "a verdade".

– E posso saber desde quando durava esse caso?

– Não, por enquanto não quero falar sobre isso. Estou sofrendo, preciso que você me entenda.

– Eu, entender você?

– Sim, você, meu amor!

– E eu, quem vai me entender? Ele deixou você, você está me deixando, preciso engolir essa e ainda ter a decência de ajudar você a superar sua dor!

III

LAMIA

1

Foi mais forte do que eu. Eu não conseguia mais mentir, dissimular, fingir, inventar desculpas mais ou menos verossímeis. Não fui feita para levar uma vida dupla. No entanto, com o trabalho me absorvendo cada vez mais, eu poderia fazer com que acreditassem no que eu quisesse. Mas essa não era mais a questão, a emoção me dominou e me traiu. Por isso contei tudo a Nabile, meu marido. Eu não esperava compreensão total da parte dele, mas uma espécie de silêncio que me desse a oportunidade de falar de mim. Eu não estava buscando perdão.

Eu ainda amava meu marido, embora não fosse mais como nos primeiros anos de casamento. Digamos que o amava de forma diferente. Eu o amava como o pai de nossos filhos, como o amigo que ele se tornou. Eu precisava de sua presença, de saber que ele estava lá, que ele pensava em mim e que ele não me abandonaria. Esse amor era verdadeiro e sincero, mas insuficiente. Não sou uma mulher maliciosa nem perversa. Mas uma paixão louca veio bagunçar tudo. Eu sabia que passaria, que a chama um dia se apagaria, que eu derramaria muitas lágrimas, que minha tristeza seria insuportável.

Muitas vezes me perguntei se uma mulher poderia amar dois homens ao mesmo tempo. Nessas horas, eu pensava no filme de François Truffaut, *Jules e Jim*. Mas as circunstâncias eram muito diferentes. Eu também poderia ser como o personagem masculino de outro filme, *O homem que amava as mulheres*. Lembro-me desses filmes que Nabile projetava em nossa casa enquanto tecia comentários sobre eles. Seria impossível que um filme ou um romance árabe tivesse como título *A mulher que amava os homens*. A personagem feminina seria chamada de louca e ninfomaníaca. Ainda não chegamos a esse estágio de libertação. No entanto, quantas mulheres vivem amores na clandestinidade e na vergonha! No dia em que são descobertas, o escândalo é grande, com insultos de "prostituta", "vadia", "mãe e esposa indigna", "pervertida"... Um homem infiel nunca é tratado da mesma maneira.

Sim, eu amava Nabile, mas com menos intensidade. Eu precisava dele, de seu amor, de sua presença. Ele era minha árvore, uma rocha sólida. Agora, tudo está desmoronando.

Fisicamente, não tínhamos mais desejo, pelo menos desde o nascimento de nossa filha. E ele atribuía essa falta de atração ao cansaço de minhas viagens. Ele sempre foi paciente e estava disposto a aceitar tudo, desde que eu ficasse com ele.

Minha relação com Daniel, meu conselheiro, rapidamente evoluiu de uma aventura estritamente sexual para uma paixão devoradora. Ele queria me ver todos os dias, às vezes de manhã e à noite. Ele era impaciente e muito exigente.

Fui educada de acordo com princípios e valores. Eu era apegada a eles. Mas quando o amor aparece, ele varre tudo em seu caminho. Fiquei surpresa comigo mesma. Não pensei que um dia me encontraria em uma situação que me envergonharia. Uma luta constante acontecia dentro de minha cabeça. Minha culpa era enorme. Ela me sufocava, me impedia de falar e até de pensar. Mas quando eu me encontrava com Daniel clandestinamente, era a mulher mais feliz do mundo.

Sentia vontade de gritar meu amor. Eu era capaz de tudo, meu corpo se libertava, completamente entregue a ele. Eu era outra pessoa. Eu me perguntava por que nunca havia tido essa sensação de total libertação com meu marido. É o efeito do casamento, das convenções sociais, do Marrocos com suas tradições, suas opressões, sua hipocrisia.

Dividida, lutando com a consciência pesada, que acabei apelidando de "CP", loucamente atraída por Daniel e pela descoberta de um amor mais forte do que aquele que eu havia conhecido até então, eu vagava entre dois mundos. Era cansativo.

De manhã, eu às vezes chorava sozinha no banheiro. Eu ouvia as crianças se preparando para ir à escola, o motorista Lahcen dizendo para se apressarem. Eu sentia vergonha. Ao mesmo tempo, tinha dificuldade de conciliar uma vida normal com a loucura que vivia fora de casa.

Apenas a pequena Najat, que sorria o tempo todo para mim, me trazia alegria. De manhã, eu a pegava em meus braços, dava sua papinha, ouvia suas primeiras palavras, "papai, mamãe", olhava para ela e tentava imaginar o momento em que ela havia sido concebida. Impossível encontrar sua mãe. É a regra. Eu sou e sempre serei sua mãe. Nunca direi a ela que a adotamos em um orfanato.

Eu quis burlar a lei e dar a ela nossos sobrenomes. Voltei ao orfanato e anotei sua data de nascimento: 10 de maio de 2015. Ela vai fazer dois anos em breve. Meu irmão, a quem falei a respeito, se ofereceu para me ajudar. Eu não disse nada a Nabile. Não era o momento. Mais tarde o deixarei a par de tudo.

Uma certidão de nascimento foi finalmente emitida em meu nome e no nome do meu marido. Algumas cédulas foram necessárias para dar a essa pequena uma identidade. Crianças não se incomodam com essas leis, nossos filhos imediatamente a consideraram sua própria irmã. Eu os havia preparado para a chegada da pequena, como um anjo inesperado. Eles estavam ansiosos para conhecê-la.

– Por que você não nos faz uma irmãzinha? – me perguntou Mehdi.

– Prefiro salvar essa criatura da miséria. Você sabe, há mães que são muito infelizes e não podem ficar com a criança que tiveram sem querer ou por violência. Essas crianças precisam ser amadas como eu amo vocês. Assim que vi essa menininha estender os braços para mim, me apaixonei. Ela estava destinada a mim. Ela estava destinada a nós.

– Como ela se chama?

– Najat. O que significa "Aquela que foi salva". Bonito, não é mesmo?

– Sim, mal posso esperar!

À noite, falei com Nabile, que foi maravilhoso. Ele tem um coração tão bom! Ele me disse:

– Eu deveria ter acompanhado você.

– Eu queria fazer uma surpresa.

2

Logo me organizei para que a farmácia pudesse funcionar na minha ausência. Contratei dois jovens farmacêuticos que não tinham dinheiro para comprar um local próprio, bem como duas vendedoras, uma das quais era minha prima-irmã – ela vigiava a outra, caso esta ficasse tentada a roubar. Eu passava de surpresa e observava como as coisas estavam indo. A receita diária era boa. Minha prima guardava o dinheiro no cofre. No final da semana, eu o depositava no banco. Um dia, quando entrava em meu carro, descobri que um homem havia entrado pelo outro lado, vi sua faca brilhando ao sol, ele a aproximou de meu pescoço. O homem, bem-vestido e com cara de nascido em boa família, me ordenou que dirigisse. Assim que nos afastamos da avenida principal, ele arrancou a bolsa que continha a receita da semana e me disse:

– Você ficou com medo? Sinto muito, mas sou um graduado sem emprego!

– Não é verdade, você está mentindo, e mesmo que fosse, não é motivo para roubar! Você está manchando a reputação dos infelizes graduados desempregados.

– Que boa ideia, me dar um sermão! Agora me passe o dinheiro e não me encha o saco com essa história de graduado.

Claro que não tenho nenhum diploma, meu único talento é saber localizar burguesas como você e tomar tudo delas!

Depois desse dia, parei de ir ao banco sozinha, passei a ser acompanhada pelo porteiro do prédio, um senegalês de um metro e noventa. Não adiantava nada prestar queixa. Havia centenas de roubos desse tipo todos os dias. Falei sobre isso à noite com Nabile, que concordou comigo. A insegurança era inevitável em uma cidade grande como Casablanca.

Meu ladrão não era um graduado desempregado, mas eu soube que esse problema existia e que inclusive havia um protesto todas as sextas-feiras na frente do Parlamento. Os manifestantes eram jovens que haviam estudado e não encontravam emprego. Eles não eram bandidos. Pelo contrário, protestavam com dignidade, sem violência. Procurei me informar, pois meus negócios até então me impediam de ver claramente o que acontecia no país. Eu não ouvia mais rádio, não assistia mais às notícias na televisão. Eu era uma mulher de negócios e apaixonada. Dizia para mim mesma que estava fazendo o bem, com bastante discrição, mas que fazia o bem a meu redor. Eu não falava com ninguém sobre isso. Por exemplo, eu pagava as mensalidades de uma escola particular para a filha de uma pedinte que frequentemente batia em nossa porta. Um dia, eu a fiz entrar e conversei bastante com ela. Quando ela me disse que a filha não poderia continuar no colégio porque custava caro, prometi pagar suas mensalidades até o fim do ensino médio. Falei sobre isso com Nabile, que aprovou meu gesto e até me agradeceu por ele. Entrei em contato com o colégio e organizei um pagamento mensal ao longo de toda a sua escolaridade. Também envolvi meu pai; ele concordou em fazer esse pagamento até minhas finanças melhorarem.

Nabile achava que eu me portava como uma boa muçulmana:

– Você está comprando seu lugar no paraíso!

– De jeito nenhum, não faço isso para obedecer à religião, faço porque o sistema educacional do nosso país é falho e não podemos deixar crianças sem escola; é claro que essa menininha poderia ir à escola pública, mas o colégio mais próximo fica a cinco quilômetros a pé. Aquele em que a matriculei fica bem perto da barraca onde ela mora com a mãe.

– Mas já que a mãe é deficiente visual, você poderia ter pedido à assistência social que lhe desse um auxílio.

– Conversei com assistência social, mas Bréka, esse é o nome da pedinte, alega que ganha mais na rua do que o Estado lhe pagaria. Não fui verificar. Acho que ela recebe os dois. Meu pai me disse: "Isso corresponde ao zakat, o imposto exigido pelo Islã, e raros são aqueles que o saldam". Ele vai me ajudar.

O incidente do roubo havia provocado em mim um medo irracional de andar sozinha. Estava se tornando incômodo. Falei sobre isso com Kenza, que me deu um spray de pimenta para imobilizar um possível agressor, dizendo:

– Faça como eu, ande de moto! Casablanca se tornou impossível com todos esses engarrafamentos. Eu encarno a nova mulher marroquina: independente, ambiciosa, forte, sem marido para exercer sua dominação sobre ela, livre e liberta. Você é casada e ainda por cima teve filhos. Clássico. Tome, pegue este capacete, vamos beber algo em La Corniche.

Entramos em um clube privado, aparentemente muito seletivo. Assim que sentamos, ela me interpelou:

– Então, estou vendo que algo não vai bem. Qual o problema?

– Ele se chama Daniel. Um homem bonito, pouco mais jovem do que eu, dinâmico, sorridente, um mulherengo.

– Você se apaixonou pelo único homem que deveria evitar em Casablanca! Conheço o belo Daniel. Ele é conversador, charmoso, sedutor, mas, acima de tudo, colecionador...

– De mulheres?

– Claro, de bonecas russas é que não ia ser!

– Estou apaixonada. Loucamente apaixonada. Ele tem todas as qualidades que procuro em um homem, é atencioso, respeitoso, forte, pontual e, além disso, tem senso de humor. Mas sou casada. Também amo meu marido.

Kenza pediu duas taças de champanhe, rindo. O garçom respondeu:

– É proibido beber no terraço. Se quiserem álcool, precisam ir para dentro, longe dos olhares dos outros. É a lei.

Levantamos e fomos almoçar em outro restaurante, onde serviam álcool sem restrições. O champanhe não estava gelado, mas a vista era espetacular.

Kenza não queria me julgar, mas repetiu várias vezes a expressão: "Os homens são covardes e as mulheres são cruéis". Ela acabou me dizendo: "Você não é capaz de ser cruel; esse é o seu problema!".

Eu estava corroída pela "CP"; ela me atormentava o tempo todo.

Ela quis saber, abaixando a voz:

– E o sexo... Ele é bom de cama? Pelo menos tem essa reputação...

– Ele é ótimo na cama. Uma novidade para mim! Devo me punir por finalmente gozar com um homem?

Minhas noites eram povoadas por juízes e tribunais, onde eu via meus pais, meus sogros, meu marido, meus filhos, a cozinheira Khadija e até mesmo nosso motorista Lahcen me dando sermão e me lembrando que a traição merece o inferno.

3

A história com Daniel tinha começado mal. Eu queria um conselho sobre a minha declaração de imposto de renda. Ele zombou de mim, achando que eu quisesse fraudar, como muita gente faz.

– Você quer pagar o mínimo possível de impostos?

– Não, quero apenas cumprir minha obrigação de cidadã, sem cometer erros. Então, aceita ser meu contador?

– Não, lamento, tenho clientes demais e estou sobrecarregado. Posso indicar alguém competente...

Ele se desculpou novamente e me convidou para tomar um sorvete na costa. Ele tinha um Porsche com o qual devia se exibir. Eu disse isso a ele.

– Não, ganhei esse carro na época em que jogava pôquer. Desde então, parei de jogar e me dedico completamente a meu trabalho de farmacêutico. Às vezes é preciso ir além das aparências!

Chegando à costa, ele entregou as chaves do carro a um manobrista que ele conhecia bem, e nos sentamos de frente para o mar, em uma mesa que estava sempre reservada para ele. Eu o provoquei:

– Imagino que sua *garçonnière* fique acima desse clube...

– Não, minha amiga, moro no Boulevard Zarktouni, bem no centro, e não é uma *garçonnière* qualquer, mas um apartamento de duzentos metros quadrados acima do apartamento dos meus pais. Minha mãe nunca está longe. Ela é uma mãe judia, sim, muito judia.

– Sabe, todas as nossas mães são mães judias. Elas nos sufocam com seu amor excessivo e se intrometem em tudo. Foi minha mãe quem escolheu o papel de parede da farmácia e toda a decoração.

– Comigo também, foi minha mãe quem fez tudo na farmácia. Só faltava ela se postar atrás do balcão, no caixa, é claro!

Rimos e então conversamos seriamente sobre a contabilidade, e ele me levou para casa. Nabile, que estava estacionando o carro, nos viu. Eu os apresentei um ao outro. Dentro de casa, expliquei a Nabile o objetivo de meu encontro com Daniel. Ele respondeu:

– Você está certa, eu também estou procurando um contador, o meu cometeu vários erros que quase me causaram grandes problemas com o fisco.

– Seria bom ter a mesma pessoa cuidando da nossa contabilidade.

Depois disso, fomos à casa dos pais dele para o cuscuz de sexta-feira. No caminho, eu não conseguia parar de pensar em Daniel. Achei que meu marido dirigia mal. Eu o olhava de canto de olho e só conseguia ver defeitos. Me senti desconfortável. A refeição foi uma tortura para mim, especialmente quando a mãe de Nabile começou a fazer perguntas indiscretas, como quanto eu ganhava, o que eu fazia com o dinheiro etc. Nabile comia e não dizia nada. Seu pai me salvou, pedindo à esposa que me deixasse em paz.

Eu pensava em Daniel inadvertidamente. Sua imagem pairava a meu redor, na farmácia, no carro, no banheiro. Onde quer que eu fosse, ela se impunha. Quando o vi de novo, fui fria com ele, distante.

– Você está agindo de forma indiferente? – ele me perguntou.

– Como assim?

– Seu comportamento mudou...

– Sim, porque você é invasivo, sua imagem assombra meus pensamentos, é insuportável.

Ao ir embora, em vez de apertar a mão que eu estendia, ele me puxou para si e me deu um beijo. Nossos corpos estavam um contra o outro. Quase desmaiei. Uma lufada de calor me invadiu. Ele foi embora dizendo que gostaria de me ver novamente.

– Só por prazer...

À noite, fiz amor com Nabile. Que erro! Eu pensava constantemente em Daniel e tudo o que meu marido fazia parecia sem graça, insuficiente, pouco à altura. Não senti prazer algum. Nabile percebeu, é claro. Ele viu que minha cabeça estava em outro lugar. Paramos e eu corri para o banheiro e vomitei. Por que, de repente, Daniel me afetava a ponto de eu me tornar alérgica ao toque do meu marido? Havia nele uma força, uma falta de hesitação, alguma coisa reconfortante para uma mulher, e levemente inquietante. Como diz a música, *você não pode prever, simplesmente acontece*... Eu não estava pronta para enfrentar essa turbulência. Sim, eu estava abalada e em pânico. Se meu marido ao menos fosse violento, desagradável, que merecesse ser traído ou até mesmo deixado... Mas ele era adorável comigo.

Era a primeira vez que isso acontecia comigo desde que eu havia conhecido Nabile. Eu lutava contra mim mesma, contra essa atração repentina, contra o terremoto que aconteceria se ele soubesse. Eu estava infeliz e rezava a Deus para que Daniel me esquecesse e que, em uma operação simétrica e mágica, eu também o esquecesse. Sim, sou religiosa e, às vezes, rezo e me dirijo a Deus e a seu profeta.

Foi Nabile quem me lembrou que seria necessário voltar a ver Daniel para resolver a questão do contador. Respondi que não havia pressa, especialmente porque minha prima, que trabalhava comigo, estava noiva de um contador que acabara de voltar da Bélgica, onde ele tinha estudado. Nós falaríamos com ele, seria mais conveniente.

– Não precisamos mais do Daniel: Omar, o noivo da minha prima, servirá perfeitamente.

Um dia, não sei o que me deu, estacionei o carro no início do Boulevard Zarktouni e comecei a caminhar, esperando encontrar Daniel por acaso. Esse bulevar é muito longo, muito movimentado e muito barulhento. As calçadas são sujas, algumas lajes estão quebradas. Descobri uma Casablanca que eu só costumava ver à distância, cheia de cafés com terraços lotados de homens ociosos, engraxates, vendedores ambulantes, mendigos de todas as idades.

Sentei-me em um desses terraços, devia ser a única mulher tomando café ali; estiquei as botas de couro preto, dois engraxates correram em minha direção e quase brigaram. Enquanto minhas botas eram engraxadas, tomei um chá de hortelã e observei o mundo a meu redor. Crianças vendiam lenços de papel; comprei alguns, isqueiros também, embora eu não fume. Acho melhor vender quinquilharias do que mendigar. Uma mulher e sua filha, vestidas de preto, se aproximaram de mim com um cartaz escrito em árabe: "Somos sírias, vítimas de Bashar. Ajude-nos". Elas pareciam sinceras, dei uma nota para elas. Quando elas estavam indo embora, notei lágrimas no rosto da mãe, obrigada a mendigar para sobreviver. Isso me mergulhou em uma reflexão sobre a impunidade desse maldito Bashar, assassino de seu próprio povo. Aqui, esquecemos tudo o que ele fez: estamos longe da Síria. Pensei em minha amiga Ghania, nascida em Alepo e casada com um marroquino. Felizmente, ela não viveu a guerra, mas seus pais precisaram fugir dos bombardeios. Pensei que deveria ligar para ela.

Na hora de pagar, perguntei ao garçom:

– Você conhece um certo Daniel, com um Porsche, que mora por aqui?

– Ah, Daniel, ele é um bom amigo, vem tomar café da manhã aqui todos os dias, a mesa dele é aquela. Ele é ótimo, gentil, generoso...

– E ele é judeu!

– E daí? Eu acho que ele é uma ótima pessoa. Judeu ou não, não me importo.

– Claro, ótima pessoa. Amanhã, diga a ele que uma amiga passou para engraxar as botas.

– Farei isso, senhora. Mas, se me permite, venha amanhã às quinze para as oito e tome café da manhã na companhia dele.

No dia seguinte, cheguei dez minutos antes da hora indicada pelo garçom e me sentei em uma mesa de frente para a de Daniel. Perguntei ao garçom o que ele costumava pedir.

– Sempre a mesma coisa: três fatias de pão integral torradas, azeite de oliva, mel e uma grande xícara de café preto.

– Traga-me a mesma coisa, mas com chá em vez de café.

Quando Daniel chegou, ele quase não demonstrou surpresa:

– Você conhece os bons lugares!

– Sim, foi o acaso. Passei por aqui ontem para engraxar as botas e senti vontade de voltar para tomar o café da manhã. Adoro esse momento do dia.

Daniel, enquanto me convidava para me juntar a ele, observou:

– É um momento delicioso para um casal que se ama e começa o dia junto. Venho aqui porque moro sozinho. Eu preferiria tomar o café da manhã na cama com a mulher que amo.

– Onde está essa mulher?

– Não paro de procurá-la.

– Você mora sozinho?

– Minha mãe aparece todos os dias, lava minha roupa, seca, chama sua empregada para passá-la, depois vai para a cozinha, abre a geladeira e sempre acha que está vazia, embora haja muitas coisas, mas não o que ela gosta. Então ela enche o freezer com pratos que preparou e me diz: "Você terá comida para a semana toda, menos para a sexta-feira à noite, porque você virá jantar em casa para o shabat". Mãe judia! Eu sei, é um clichê, mas é verdade.

Ele riu e eu também.

– Quando estudei na França, minha mãe sempre aparecia com tagines e os colocava no freezer. Ela levava até pão caseiro. Ela achava que na França não se comia bem. Mãe judia também...

De repente, não sei como, minha mão estava sobre a dele. Ele a acariciou enquanto ria e disse: "O que eu disse não foi uma piada judia". Meu coração tremia, minhas bochechas estavam vermelhas. Ele me puxou para perto dele, mas eu resisti: "Não em público".

Me levantei e fui embora quase correndo. Esqueci de pagar a conta. Voltei e o garçom me disse:

– Daniel pagou tudo.

Dei a ele uma gorjeta.

– É demais, senhora.

E o ouvi murmurar: "É o amor...".

Passei o dia em um estado estranho. Eu não sabia o que estava fazendo. Por que eu não resistia a esse homem? Não era a primeira vez que eu sentia atração por alguém e até então sempre tinha tido força para resistir. Minha família em primeiro lugar. O equilíbrio que construí com meu marido em primeiro lugar. Mas eu estava esquecendo de tudo. Estava possuída.

Ao sair da farmácia, fui diretamente para casa para relaxar e passar um tempo com as crianças. Elas ficaram surpresas e felizes de me ver, especialmente a pequena Najat, cada vez mais bonita. À noite, eu disse a Khadija que prepararia o jantar; ela suspirou, como se dissesse que eu era incapaz de fazê-lo.

Nabile ficou surpreso de me ver tão cedo. Eu o abracei e beijei.

– O que estamos celebrando?

– Nada. A felicidade de estarmos juntos, só isso. Vamos jantar todos juntos, isso acontece tão raramente...

Coloquei Najat em meus joelhos, cercada por Mehdi e Yasmine. Nabile tirou fotos. Cantamos no karaokê algumas músicas de Céline Dion e depois dançamos ao som dos ritmos endiabrados de Michael Jackson.

À noite, fizemos amor, mas a imagem de Daniel – seu corpo, seu cheiro, seus olhos – me perseguia. Eu me esforçava para me concentrar em Nabile, mas era mais forte do que eu. Fingi, fechando os olhos.

No dia seguinte, fiquei tentada a voltar para tomar café da manhã no mesmo lugar. Resisti, mas quando me dei conta eu já estava no carro, em direção ao café. Daniel estava lá, sorridente, lendo o jornal. Fui levada até ele. Sim, uma força invisível me colocou em seu caminho. Eu não podia evitar. Não tenho certeza se os homens conhecem esse tipo de situação.

– O café é melhor aqui!

– Eu tomo chá.

– O chá também.

Ao sair, ele me disse: "Até amanhã!".

Liguei para Kenza. Contei tudo a ela. Eu estava seduzida e apaixonada, não conseguia guardar isso só para mim. Precisava falar com alguém. Kenza não era a melhor escolha; eu sabia que ela me daria um sermão feminista, me repreendendo como se eu fosse uma menininha, mas eu não me importava. Eu gostava dela.

Ela chegou de moto. Alguns garotos assobiaram, outros gritaram "eu te amo". Ela tirou o capacete e mandou um beijo para eles. Isso os fez rir e se dispersar.

– Então, você está apaixonada! Meu Deus, que desastre! O que vamos fazer?

– Não sei. Eu amo meu marido, meus filhos, minha casa...

– Sim, conheço essa ladainha. Está mesmo apaixonada, e vocês nem foram para a cama? O que vai ser quando isso acontecer...

– Justamente, os sentimentos surgem antes das emoções fortes... Veremos.

– Você pretende contar a Nabile?

– Mas ainda não aconteceu nada!

– Você pensou nas crianças?

– Elas são muito jovens. Não posso contar a elas.

Eu sabia que não resistiria por muito tempo. Estava esperando a oportunidade para cair nos braços dele.

4

Obsessão. Quando eu estava apaixonada por Nabile, nunca fui dominada pela obsessão. Não, nós estávamos apaixonados, calmos, fazíamos planos sem pressa ou preocupação. Seguíamos o esquema clássico. Encontro, sedução, amor e planos para o futuro. O casamento chegaria, não havia a menor dúvida. Era de uma banalidade desanimadora, mas estava bem para mim. Era tão reconfortante. Eu tinha encontrado um homem que me agradava e com quem eu queria passar a vida, construir uma família e envelhecer, como meus pais. Eu não rejeitava a tradição, ele tampouco. Nós dois pertencíamos ao mesmo meio, o das pessoas de Fez, ligadas a uma cultura ancestral que nada poderia abalar. Não éramos atormentados por dúvidas ou questionamentos sobre o casamento – talvez apenas um pouco sobre a condição da mulher. Não éramos rebeldes nem revolucionários, longe disso. Não participávamos nem mesmo das reuniões na Casa do Marrocos, onde se debatiam os problemas do país. Nada de política: concordávamos sobre isso. Levávamos nossos estudos a sério e o resto não nos interessava. Egoístas? Provavelmente. Preocupados com nós mesmos, com certeza. Éramos representantes perfeitos da burguesia cujos avós haviam deixado Fez nos anos 50, quando os negócios não iam bem. Eles tinham se estabelecido em Casablanca e trabalhado duro.

Eu me encaixei no estereótipo e fiz exatamente o que se esperava de mim. Eu ainda tinha um gosto pela modernidade, e o feminismo era um dos elementos importantes. Mas era um feminismo leve, que não deveria ofender a família. Eu o adaptava à situação da condição da mulher no Marrocos. A Moudawana concede direitos às mulheres, mas não o suficiente. Eu me contentava com isso, sabendo que Nabile não aproveitaria as fraquezas desse código de família para me oprimir.

Nabile seguia o que a família nos impunha, mas também tinha críticas. Ele não gostava muito das festividades do casamento, achava-as dispendiosas, grotescas e cansativas. Eu dizia que era a dívida a pagar para nossas famílias, que tinham esperado tanto para ver seus filhos casados. Para elas, a organização do casamento era um dever, uma festa, uma realização. Tinha que ser feito com esplendor e ser comentado por toda a cidade! É verdade que nas semanas que antecederam a cerimônia, vivemos com os nervos à flor da pele. Era uma prova, uma série de obrigações às quais tínhamos que nos submeter. Eu não queria contrariar meus pais. Nabile teria preferido encontrar um meio-termo, mas acabou cedendo em tudo. E o casamento foi uma festa magnífica que durou três dias. Mas estávamos tão cansados que nem fizemos amor. Na última noite, eu disse a Nabile: "Faça amor comigo, senão vou ter a impressão de que não somos casados!". Foi uma noite inesquecível.

No dia seguinte, tivemos que abrir os presentes, anotar em um pequeno caderno a origem de cada um – minha mãe me disse: "Você precisa fazer isso porque mais cedo ou mais tarde será convidada para casamentos e terá que dar presentes: você precisa saber para quem e em qual nível". Foi enfadonho. Havia muitos objetos de cristal, porcelana de Limoges, tecidos de Londres e algumas bugigangas sem importância. Havia até mesmo um envelope com um cheque de dez mil dirhams. Rimos: isso não fazia parte da tradição! Guardamos tudo em um quarto na casa dos meus pais, esperando a construção de nossa própria casa.

E o amor, no meio de tudo isso? Não falávamos sobre ele. Era óbvio, natural. Eu não perguntava a meu marido se ele me amava, mesmo que às vezes quisesse ouvir ele dizer "eu te amo". Estávamos em um barco, navegando por um rio tranquilo, agradável, sem surpresas. A vida era normal, tão normal que esquecíamos os pequenos gestos que trazem prazer a um casal. Essa rotina me protegia e me permitia avançar em meus projetos profissionais. Eu sempre soube que não passaria minha vida atrás de uma caixa registradora vendendo remédios. Precisava ir além do que eu chamo de "mentalidade de mercearia", pensar mais alto, ter ambições maiores.

Uma conversa com meu velho tio Abdel Malek, um dos primeiros farmacêuticos do país, me iluminou e me incentivou a abrir em Casablanca uma fábrica de medicamentos genéricos, que eu venderia a um preço acessível para o marroquino médio. Abdel Malek havia deixado sua farmácia cedo, para um de seus filhos, e havia se envolvido na criação de laboratórios de análises e na fabricação de equipamentos médicos. Ele havia enriquecido e proporcionado empregos bem remunerados a centenas de jovens. Seu discurso era simples: "Escute, minha filha, sua farmácia deve funcionar respeitando escrupulosamente a lei e o direito. Nenhum medicamento sem receita, nenhum favorecimento para a família e os amigos, nenhum crédito, exceto para pessoas pobres que você possa ajudar. Existe uma ética que tendemos a esquecer rapidamente. E, acima de tudo, pague seus impostos, é importante. Digo isso porque sei que alguns colegas passam adulterando suas contas para pagar o mínimo possível de impostos. O Marrocos lhes deu a oportunidade de estudar sem pagar nada, e depois eles não têm nenhuma gratidão, é indecente. Espero, minha filha, que você não seja como eles. Você sabe, o mesmo acontece com as clínicas, é um escândalo".

Abdel Malek é uma pessoa notável. Eu o admiro muito. Ele se casou com uma mulher de Ujda – para um homem de Fez, isso é muito raro –, que se revelou excepcional. Eles formavam um casal à parte, viajavam com frequência, adoravam visitar museus. Ele era um grande amante da arte. Ela, uma apaixonada por jogos de azar. Ela apostava pequenas quantias. Ele a deixava ir aos cassinos viver sua paixão. O motorista a levava e depois a buscava. Uma noite, voltando do cassino de El Jadida, ela se sentou na frente para conversar com o motorista; em um trecho onde havia uma passarela, bandidos deixaram cair uma grande pedra sobre o carro. Um cruel acaso fez com que a pedra atravessasse o para-brisa e se enterrasse no peito da mulher. Ela morreu na hora. Essa tragédia abalou todo o Marrocos. O Ministro do Interior até se comprometeu a cobrir as passarelas e prender os criminosos. Abdel Malek, louco de dor, demorou para recuperar a vontade de viver. Cinquenta anos de casamento! Um amor eterno.

Eu costumava visitá-lo com frequência e ouvi-lo falar. Da última vez, ele estava acompanhado de uma bela mulher, com cerca de cinquenta anos, bastante próxima dele. Eu perguntei se ele estava feliz:

– Depois de Halima, a felicidade se tornou relativa, um pouco falsa. Agora, me recuso a deixar que a solidão me consuma. Vejo cada vez mais meus filhos e netos, vejo esta linda senhora que me ajuda muito. Ela é uma artista, digamos que confio em seu instinto e em seu gosto em matéria de pintura moderna. É uma mulher divorciada e que ama a vida. Sua amizade me reconfortou muito durante a depressão que se seguiu à morte de Halima. Nosso relacionamento é simples, ela me oferece uma companhia tranquila e apaziguadora. Ainda bem que a tenho.

Quando falei sobre a fábrica de medicamentos e a possível associação com uma amiga, ele ficou apreensivo:

– Associações nos negócios são como o casamento; você precisa ter cuidado o tempo todo, confiar e, ao mesmo tempo, se manter vigilante. Eu preferiria que você realizasse esse projeto sozinha, você é capaz.

Eu o tranquilizei e agradeci seus preciosos conselhos.

Eu soube que, após a morte da esposa, ele reuniu os quatro filhos, duas filhas e dois filhos, e fez um discurso sobre a igualdade: "Amo vocês todos da mesma forma, não faço nenhuma distinção entre vocês. Portanto, no dia da sucessão, que pode acontecer a qualquer momento, pois vejam o que aconteceu com a mãe de vocês, ordeno que não obedeçam à lei islâmica que dá uma parte para o homem e meia parte para a mulher. Amo vocês igualmente, vocês herdarão igualmente, uma parte igual para todos. Vou registrar isso diante de um notário, mas aviso: sem contestação. Estamos de acordo? Isso não significa que eu seja um muçulmano ruim. Sou um crente que se adapta à vida moderna e acredita na igualdade entre homens e mulheres em questões de direitos".

5

Parei de resistir. Aceitei tomar uma bebida na casa de Daniel. Ele foi muito cortês, discreto, afetuoso. Ele falou de sua paixão por música e da decepção que viveu aos dezessete anos. Ele queria ser músico. Tocava piano havia vários anos e poderia ter se tornado um grande pianista, mas a família estragou tudo. Um grande maestro e pianista tinha notado seu talento e quis integrá-lo a sua orquestra palestino-israelense. Seu pai ficou com medo e sua mãe fez um drama. Eles não avaliavam a importância desse maestro. Daniel abandonou a música e se orientou, como eu, para uma carreira lucrativa em farmácia. Ele guardou desse episódio um grande desgosto. Abandonou a música e ainda estava ressentido com os pais.

– Nós, marroquinos, temos medo da arte – ele me disse. – Minha mãe, no máximo, me veria cantando em casamentos. Você me vê cantando como Enrico Macias? Não, parei de pensar na música. Às vezes, me isolo para ouvir os concertos que amo, mas nunca mais encostei em um piano. Com o tempo, vou esquecer completamente como tocar.

Me aninhei em seus braços e o beijei. Eu tremia, me sentia transformada em outra pessoa. Enquanto nos beijávamos, a imagem de Nabile me assombrava. Eu afastava a consciência pesada. Gritava internamente para que ela me deixasse viver esse amor inesperado.

Ao voltar para casa, por sorte, Nabile não estava. Ele devia estar no noivado de um amigo. Tomei um banho, relaxei, massageei meu corpo com óleo de argan, deitei e adormeci vendo um filme. Ao chegar, Nabile me beijou. Ele queria me falar de sua noite. Eu não podia falar sobre a minha.

No dia seguinte, café da manhã no Boulevard Zarktouni. O garçom nos recebeu com entusiasmo. Depois, foi preciso ir trabalhar. Eu tinha uma reunião com espanhóis. Daniel foi embora marcando um encontro para a noite em sua casa. Ele não me deu escolha. Eu teria que mentir. Detesto mentir. Não sei mentir. Como justificaria essa saída? Em Casablanca, os eventos culturais são raros, e por que eu iria sozinha ao teatro ou ao cinema? Eu poderia ter alegado uma reunião com os japoneses, mas os convidara para jantar em minha casa exatamente naquela noite. Enviei uma mensagem a Daniel: "Impossível esta noite". Resposta: "Então amanhã".

Nabile cuidou do jantar com Khadija. Era o momento de apresentar a culinária de Fez aos japoneses. Durante toda a refeição, porém, tive que fazer um esforço para não demonstrar que estava entediada, que estava em outro lugar, longe, nos braços de Daniel, meu amante. Sim, eu tinha um amante e ninguém sabia.

Após a saída dos convidados, fui para o banheiro e tentei entrar em contato com Daniel. Eu precisava ouvir sua voz, dizer a ele que sentia sua falta. O telefone estava na caixa de mensagens, não deixei recado. Tomei a precaução de apagar a chamada. Eu às vezes deixava meu telefone em qualquer lugar, e ele podia ser acessado sem código. Perigoso, esse pequeno aparelho que bagunçou a vida de milhões de casais...

Uma amiga que conheci no clube de leitura nos contou como ela desmascarou o marido colocando um GPS em seu carro, para rastreá-lo; ele estacionava o carro sempre no mesmo lugar e na mesma hora. O rompimento foi violento, um divórcio que causou muito barulho. De todo modo, cedo ou tarde eu falaria com meu marido. Eu não sabia jogar, esconder, dissimular ou fingir. Então melhor contar a verdade e assumir as consequências. Até lá, bloqueei o acesso a meu telefone com um código.

Eu estava no início de um relacionamento. Não tinha certeza se duraria ou se seria um amor mútuo. Eu estava esperando para ver, caminhava com cuidado. Quando olhava para Nabile, sentia vontade de chorar. Ele não merecia o que eu estava fazendo com ele, essa traição, mesmo que tivéssemos problemas, frustrações, lacunas.

Decidi me dedicar a meu marido e meus filhos um dia por semana. Nesse dia, não marcava compromissos profissionais, não via Daniel, não ia à farmácia, não atendia o telefone. Eu tentava me redimir moralmente. Minha "CP" me perseguia. Ela estava sempre no meu caminho. Falava comigo, ora com a voz de minha mãe, ora com a de meu marido, e um dia até com a voz de meu filho. Eu a ouvia dizer: "Mãe, você está seguindo o caminho errado, está destruindo o que construiu com um marido gentil, prestativo, que a ama. Mãe, ainda há tempo de voltar atrás e abandonar essa vida dupla, em que você será infeliz. Você sabe, as crianças sentem tudo e sabem o que acontece. Pode tentar esconder, mas estamos cientes de suas escapadas, não falamos nada, mas esperamos que um dia você acorde e volte para sua casa. O homem que a seduziu faz isso com todas as mulheres, não está à sua altura, por favor, volte". Palavras suficientes para cair no choro, o que fiz uma noite, pouco antes de passar à mesa. Ninguém entendeu o que estava acontecendo. Eu disse que às vezes sentia vontade de chorar por nada.

Naquela noite, não consegui dormir. Saí do quarto e tentei conciliar o sono na sala. Pensei ver a silhueta de Khadija rondando a meu redor como um espectro ameaçador. Khadija, a tradição e a integridade personificadas. Com ela, não havia espaço para amantes, o casamento era para a vida inteira e só havia divórcio se o marido começasse a bater. Sua voz era doce, falava comigo como se eu fosse uma menininha que cometeu um erro: "Minha filha, não é grave, você foi enfeitiçada, acontece, mas você recebeu uma boa educação, seus pais são os melhores do mundo, eles são generosos, compreensivos, mas não entenderiam se sua única filha destruísse tudo por causa de uma paixão passageira que não a levará a lugar nenhum. Vamos proceder por etapas, tire um tempo para refletir, analisar os prós e os contras, eu só vejo contras, depois recorra à razão, pense em seus filhos, no futuro deles, e então coloque na balança as qualidades e os defeitos de seu marido, não esqueça os seus, e saia dessa história que não cheira bem. Não sei quem é esse homem que mexeu com sua cabeça, não importa, quando se é casada, não se olha para a direita ou para a esquerda, se olha para a família e se faz de tudo para torná-la feliz. Você me dirá que não entendo nada de amor, mas conheço a lealdade, a fidelidade e a importância da palavra dada. Aliás, já que estamos falando nisso, vou contar a você uma história que ninguém conhece: quando eu tinha dezesseis anos, na aldeia, meu pai me tirou da escola depois do ensino fundamental. Ele me disse: 'Minha filha, você estudou o suficiente, agora preciso encontrar um marido para você'. Obedeci, baixando os olhos. Mas eu queria escolher esse marido. Minha preferência era por um jovem médico que vinha uma vez por semana à aldeia examinar os pacientes. Eu marcava uma consulta toda semana na lista de doentes, mesmo que não tivesse nada. Depois de um tempo, ele se recusou a me atender. Ele era jovem, acho que tinha 25 anos, bonito como o sol, tímido, doce e competente. Me apaixonei por ele. Seu nome era dr. Fattah, ele era de Fez, como você. Eu pensava: 'Um homem de Fez nunca olhará para uma camponesa como eu'. No entanto, um dia, ele concordou em me ver depois das consultas e me disse:

"– O que você quer? Você não está doente e marca consultas o tempo todo em minha agenda.

"– Sim, estou bem, mas estou doente por você. Eu o acho extraordinário. Você é paciente, gentil, atencioso e a natureza foi boa para você!

"– É a primeira vez que alguém me diz uma coisa assim...

"– Me diga como curar uma obsessão.

"– O quê? Não sou psiquiatra. Que obsessão?

"– Você. Penso em você o tempo todo, acho que estou apaixonada.

"– Bem, isso vai passar, vá para casa, pegue um bom livro e verá que não pensará mais em mim.

"– Tentei, mas meus pais querem me casar com um primo.

"– Sim, é comum. E o que você quer fazer?

"– Ser enfermeira, para ficar a seu lado.

"– Falaremos sobre isso da próxima vez.

"Fique sabendo, minha querida, que ele nunca mais voltou. Ele foi substituído por uma mulher igualmente competente, mas menos disponível. Depois disso, procurei o endereço dele na Internet. Enviei mensagens para ele. Nenhuma resposta. Então, um dia, quando já havia começado a trabalhar para seus pais, eu o encontrei no mercado central. Ele me fez muitas perguntas e depois foi ao encontro de sua esposa, que o esperava ao volante de um grande carro.

"Essa é a minha história. Precisei engolir tudo e seguir em frente. Ainda bem que continuei lendo. Não estou mais sozinha."

Khadija nunca se casou. Seu amor pelo dr. Fattah foi fatal. No entanto, ela tinha muitas qualidades, tanto físicas quanto morais. Um dia, ouvi minha mãe lhe dizer: "Se quiser se casar, ficaremos felizes em cuidar de seu casamento, você é da família, não vai precisar fazer nem gastar nada, saiba disso. Podemos falar sobre isso quando quiser".

6

Nada que fosse dito faria diferença. Tomei um banho e fui ao encontro de Daniel, que me esperava no Café Zarktouni; tínhamos nos organizado para passar o fim de semana juntos. Seu Porsche estava estacionado bem em frente. Ele fumava um cigarro e ouvia música. Assim que me viu, ele se levantou e me abraçou na frente de todos. Por mais que eu dissesse "cuidado, as pessoas estão olhando", ele não se importava. Fomos para Bouznika. Ele tinha um bangalô na praia, bem equipado. Nos atiramos no mar e nadamos como adolescentes descobrindo a magia do Atlântico. Ele tinha levado coisas para comer, preparadas por sua mãe, é claro. Estava saboroso, mas ela exagerava no pimentão e no alho – ficamos com mau hálito e rimos muito! Os mergulhos no mar agitado me fizeram bem demais. A água apagava a "CP". Não havia mais rostos desaprovadores a meu redor. Eu me sentia livre como nunca. Um caminho infinito se desenhava à minha frente, uma floresta se abria à minha passagem, eu voava, não tocava mais o chão. Eu estava feliz. Livre e liberada.

Daniel me divertia. Ele tinha o dom de imitar animais. Ele fazia um camelo perfeito, um gato atento, um elefante elegante. Ele tinha feito um pouco de mímica quando criança. Na hora da sesta, ele fechou as cortinas e se ajoelhou à minha frente enquanto eu me preparava para tirar o maiô. Ele beijou meus pés, meus tornozelos, minhas pernas e minhas coxas. Seus lábios mal roçavam minha pele. Eu tremia de prazer. Ele acariciou meu peito por muito tempo, mordeu meu ombro, percebendo que era meu ponto fraco. Eu me segurava para não gritar de prazer. Quando ele colocou a língua no meu ouvido, pensei que fosse desmaiar. Depois, ele desceu lentamente até meu baixo ventre, onde o êxtase foi grande. Eu nunca tinha tido um orgasmo assim. Pensei que ele devia ser um especialista e que devia fazer isso com outras mulheres. Afastei esse pensamento e me entreguei a ele. Ele me tomou com calma e delicadeza, depois cada vez mais intensamente. Ele me fez mudar de posição várias vezes, e era cada vez melhor. Eu soube naquele momento que uma coisa dessas só acontece uma vez na vida. Eu estava convencida disso e pensei "eu aceito, eu aceito e não discuto!". Não era necessário estragar o momento com um sentimento de culpa. Ah, a culpa! A rainha destruidora do amor. Ela se insinua sem que percebamos em cada parte do nosso corpo e mente. Ela não faz nada que não seja nos lembrar o tempo todo de que o que estamos fazendo é errado, que estamos traindo, mentindo, agindo de forma ilegal. A culpa! Eu precisava fazer um trabalho interno para erradicá-la. Daniel me dizia: "Você não precisa se sentir culpada, não estamos fazendo nada errado, somos discretos e essa culpa não traz nada de bom para ninguém".

Para ele, era fácil. Ele não tinha que dar satisfação para ninguém. Ele não estava comprometido com ninguém. Ele era livre. Por que uma mulher não poderia ter essa liberdade? Mesmo no tempo em que ainda não era casada, a ideia de tal liberdade me assustava. Agora, eu queria viver plenamente esse relacionamento, mesmo colocando toda a família em risco.

Eu estava perdida em pensamentos quando Daniel me abraçou e me apertou contra ele. Dessa vez, fizemos amor em pé, como nos filmes. Não gostei dessa posição e o puxei para a cama, onde me sentia mais à vontade. Passamos o fim de semana inteiro fazendo amor e comendo peixe marinado com pimentão e alho. Daniel não bebia álcool. Não posso dizer que senti falta, mas uma taça teria sido bem-vinda.

O momento de voltar se aproximava. Eu contava as horas. Construí pela enésima vez um roteiro plausível: reunião com os espanhóis em Málaga, jantar muito tarde, trabalho exaustivo. Eu tinha tomado o cuidado de ligar para José Maria para falar sobre os avanços do projeto de uma fábrica em Mohammedia. Ele me deu uma informação importante: seu chefe viria ao Marrocos para me conhecer.

Na volta, nem uma palavra. Estávamos cansados, satisfeitos um com o outro. Ele me deixou um pouco longe de casa. Ao chegar, as crianças me deram boas-vindas, menos Najat, que estava dormindo. Fui beijá-la em seu sono. Nabile chegou um pouco depois. Ele estava feliz em me ver, disse que tinha sentido minha falta. Respondi sem entusiasmo: "Também senti sua falta". Ele me puxou para perto dele e quis fazer amor. Eu ainda sentia o cheiro do corpo de Daniel em toda a minha pele. Eu não podia passar do meu amante para o meu marido. Não sei como as outras mulheres fazem isso. Fui tomar um banho. Nabile me esperava, lendo um de seus livros preferidos. Assim que me viu, ele pulou da cama e me abraçou com fervor. Fiz um esforço. Fingi. Pensei em Daniel e em seu corpo grudado no meu.

No dia seguinte, fui ver o tio Abdel Malek e contei tudo a ele. Ele me encarou demoradamente e perguntou se eu estava com tempo.

– Sim, claro.

– Vou contar uma história para você. Vamos considerá-la como uma metáfora. É uma história que teria acontecido há muito tempo, com a esposa favorita de nosso profeta, Sidna Mohammad. Li sobre isso na *Sira*, a biografia de nosso profeta bem-amado, escrita por dois egípcios sob o nome de Mahmoud Hussein. É a história do colar que Aisha perdeu; ouça bem, é como um conto. Depois, se você quiser, conversamos a respeito. Ela lembra que a suspeita e a difamação sempre fizeram parte do ser humano.

É a história de Aisha, a esposa favorita do profeta Maomé. Durante uma viagem em que ela o acompanhava, a caravana parou em um oásis por causa do forte calor. Aisha adormeceu à sombra de uma árvore. À noite, a caravana partiu, mas a jovem estava profundamente adormecida e o profeta não queria acordá-la. Ele designou um jovem, Safwane, para cuidar dela e levá-la de volta a Medina no dia seguinte.

Quando ela acordou, ficou surpresa que não houvesse mais ninguém ao redor. A presença do jovem a intrigou. Ela lhe fez algumas perguntas. Ele disse que tinha a missão de protegê-la e levá-la de volta à casa conjugal.

Em um determinado momento, ela se afastou para uma necessidade urgente. Safwane desviou o olhar e esperou à beira da estrada. Aisha não voltou. Depois de um longo tempo, preocupado, Safwane começou a procurá-la e a encontrou curvada, procurando algo na grama:

– Perdi meu colar, preciso encontrá-lo de qualquer jeito, não posso voltar para casa sem esse colar.

As buscas duraram o dia inteiro. Assim, eles passaram uma segunda noite nesse oásis. Enquanto isso, o profeta, sem demonstrar nada, se preocupava. Rumores indecentes começaram a circular na cidade. Murmuravam-se coisas sobre como Safwane era bonito. Essas insinuações cada vez mais insuportáveis chegaram aos ouvidos de Maomé, que estava hospedado na casa dos sogros à espera da jovem esposa.

Quando ela chegou, foi recebida com grande silêncio.

Esse silêncio durou um bom tempo. O profeta esperava o julgamento de Deus.

Depois de algumas horas, um versículo lhe foi revelado e inocentava Aisha. Fim da suspeita e dúvida.

Essa história do colar perdido costuma ser contada para silenciar suspeitas e insinuações de infidelidade.

Você, Lamia, ao contrário da esposa de nosso amado profeta, foi infiel. Foi mais forte do que você, não vou condená-la – como canta Georges Brassens: "Não atire a primeira pedra na mulher adúltera, estou atrás dela". Mas, acima de tudo, tente salvar seu casamento e sua pequena família.

7

No dia seguinte, pensei no que meu tio me disse. Mas era tarde demais. Eu não podia voltar atrás e me livrar dessa história que eu não tinha inventado. Eu não estava louca. Liguei para Kenza. Ela chegou de moto, fazendo um barulho infernal. Sempre invejei seu otimismo, sua sede de viver, sua energia.

– Pronto, estou apaixonada! – ela me disse. – Amor à primeira vista na padaria Paul. Nunca imaginei que uma história de amor pudesse começar nesse lugar onde requentam pão congelado...

– Quem é ela? Me conte!

– Halima. Divorciada. Morena e desgostosa dos homens. Acho que vamos morar juntas. Ela trabalha para uma companhia de seguros e, felizmente, não teve filhos com o marido que a maltratava. Quando nos vimos, foi óbvio. Eu me aproximei dela e perguntei se ela tinha tempo para um café. Sentamos no pequeno terraço na frente da padaria e lá ela começou a me contar sua vida. Eu a observava – seus olhos, sua pele cor de mel, suas longas pernas, seus seios pequenos... Eu estava ardendo de desejo e impaciência. É raro esse tipo de amor à primeira vista! Eu pensei: "Não quero perder isso. A vida é curta demais". Há uma semana não nos separamos. Ainda assim, estamos tomando cuidado, porque as pessoas só esperam por isso para fofocar.

Contei a ela que também pretendia morar com Daniel. Eu ia sair de casa e negociar com Nabile o direito de visitar as crianças. Inicialmente, pediria a ele que não contasse nada à família. Eu não sabia para onde estava indo, mas estava tão feliz com esse homem. Eu tinha medo, mas estava indo com tudo. Ela me deu razão. E foi embora gritando: "O amor é a única coisa verdadeira!".

Eu tinha certeza de meu amor, não do de Daniel. Antes, eu era mais romântica. Eu gostava que me contassem histórias, que me dessem flores. Quando penso, Nabile nunca me deu flores. Os floristas de Casablanca parecem trabalhar apenas para os europeus. Não é um costume dos maridos marroquinos chegar em casa com um buquê. Eles nem pensam nisso. Eles nunca viram seus pais dando flores às suas mães.

Um dia, comentei isso com Nabile, que ficou surpreso e me respondeu:

– Mas eu amo você, não preciso me desculpar... Flores e presentes são dados para pedir desculpas por um erro, mas eu não cometi nenhum erro! Além disso, o jardim está cheio de lindas rosas. Eu ofereço a você, todas as manhãs, em todas as estações, um jardim cheio de flores e beleza, carinho e amor. O que mais você quer?

– Sim, você está certo. O que mais posso querer, meu amor.

Depois de falar com Kenza, tive dificuldade de ficar quieta, estava em conflito. Nabile, como sempre, era gentil e atencioso, o que me irritava ainda mais. Eu teria preferido que ele fosse violento, desagradável, insuportável. Minha culpa diminuiria bastante.

Eu havia preparado todo um discurso para ele, mas não consegui dizer uma palavra. Fiquei em silêncio. Inventei uma enxaqueca e tomei um calmante para dormir. No dia seguinte, cheguei cedo à farmácia. Eu precisava levar Yasmine ao dentista, mas tinha esquecido – Nabile me lembrou. Eu não sabia mais o que estava fazendo. Estava presa em um turbilhão que me impedia de pensar. Eu precisava ver o homem por quem estava apaixonada. Uma necessidade forte, louca, perigosa. Ele ainda não atendia o telefone. Eu imaginava o pior.

Naquele dia, um homem bastante embriagado entrou na farmácia, apresentando uma receita falsa de antibióticos. Me recusei a atendê-lo. Ele começou a gritar. Eu gritei alto, mais alto do que ele, o que nunca acontecia. Ele ameaçou incendiar a loja. Eu chamei a polícia. Acabei em uma delegacia, o que eu provavelmente poderia ter evitado se não tivesse me irritado. Passei momentos desagradáveis. No fim, desisti de registrar queixa e fui embora. Eu disse para mim mesma que estava fazendo tudo errado, que não era adequado reagir como uma comerciante vulgar. Tudo isso era culpa de Daniel. Sim, se eu não o tivesse conhecido, não estaria nesse estado. Ao mesmo tempo, eu ficava muito feliz quando pensava nele.

Ele continuava sem responder a minhas ligações. Fui ao Café Zarktouni. O garçom me disse que não o via havia dois dias. Eu não conseguia suportar a ideia de que ele me traísse. Impossível. Fui à casa de meus pais, que me reconfortaram com palavras gentis e elogios. Eu pensava: "Ah, se eles soubessem!".

Finalmente, tomei uma decisão. Pedi a Halima, melhor amiga de minha mãe, que conversasse comigo a sós e lhe contei tudo. Ela ficou arrasada, mas segurou minha mão, dizendo que passaria:

– Bem, os fatos estão aí. Não vou julgá-la, não adiantaria nada. Vamos analisar a situação friamente. Você se apaixonou perdidamente por um cristão, digamos, alguém que não é da nossa religião, e você não quer perder sua família. Equação difícil. Minha educação foi tão rigorosa que me protegeu desse tipo de acidente. No entanto, você foi bem-educada. Você vai me dizer que o coração tem suas razões, eu sei. Aqui está o plano que proponho a você: tente se afastar dele aos poucos, destaque seus defeitos, as coisas de que não gosta, tente pensar no futuro, ele ainda estará aqui em um ano? Coloque um pouco de razão em sua paixão. É preciso desconfiar da paixão. Ela é um fogo que queima tudo e quando se apaga abruptamente, dói.

– Ele não é cristão, ele é judeu.

– Isso não muda nada. Não tenho nada contra os judeus. Mas temo os impulsos irracionais da paixão.

Eu teria gostado tanto de me contentar com o amor de meu marido e viver em paz, mesmo que entediada. Eu não tinha sido feita para passar de um homem a outro. Eu contava com Kenza para me aconselhar, mas ela não estava disponível, seu novo amor a monopolizava. A imagem do fogo se apagando me obcecava, eu me perguntava se esse momento havia chegado. Ninguém desaparece assim sem dar notícias... Era cruel, a menos que fosse um acidente? Eu sabia que Daniel dirigia rápido. Eu já me via ao lado dele no hospital, a mãe dele chorando. Não. Eu preferia imaginá-lo nos braços de outra mulher do que em uma cama de hospital. Porque eu o amava.

Halima, como meu tio, me perguntou: "O que é esse amor? Traição? Pecado? Uma loucura, de qualquer forma. Não venha fazer o papel da tia amaldiçoada...". Na hora, não prestei atenção à menção dessa tia. Quando eu era pequena, liam histórias de demônios e demônias para mim, e eu queria histórias de amor, principalmente água com açúcar. Agora eu estava vivendo uma verdadeira paixão. Mas Daniel me amava? O que ele sabia do amor? Da espera, da falta, do sofrimento? Ele não era o tipo de homem que se abria e agia romanticamente. Assim como Hakim, amigo de meu marido, Daniel era um amante dos corpos, um consumidor compulsivo de mulheres. Eu sabia de tudo isso e ainda assim acreditava que havia amor em nosso relacionamento clandestino.

A "tia amaldiçoada"... Eu tinha ouvido falar dela quando pequena. Mas não tinha nenhuma lembrança dessa mulher. Um dia, eu quis saber mais sobre essa tia que se tornara o símbolo do mal absoluto. Meu tio Abdel Malek a princípio ficou desconfortável, mas depois de refletir concordou em me falar sobre ela.

– Quero conhecer a "tia amaldiçoada".

– Mas, minha filha, é impossível. Ela já não existe para nós, ela nos desonrou, trouxe vergonha para toda a família!

– O que ela fez de tão grave?

– Aconteceu há muito tempo, muito antes de você nascer. Foi numa época em que não se brincava com os valores. Ela era casada com um homem bom, um pequeno funcionário, mas um dia a loucura se apoderou dela e a atirou nos braços de outro. Não apenas isso, pois ela o convidou a se juntar a ela no leito conjugal. Você entende? Fizemos uma reunião da família. O veredito foi categórico: excluída definitivamente da família. O pai dela tentou inclusive apagá-la do registro civil, amaldiçoou-a publicamente e a deserdou. Não temos notícias dela. Da última vez, eu soube por acaso que ela trabalhava na limpeza do banco Chaâbi de Derb Ghellef.

Decidi encontrá-la, não tanto para receber conselhos, mas para lhe oferecer um pouco de conforto. Cheguei ao banco cedo pela manhã e o porteiro me apontou uma velha mulher curvada lavando o chão. Ela era magra e estava vestida como uma camponesa.

– Chafia!

Ela se levantou, me olhou por um longo tempo e disse:

– Você deve ser a filha de Moulay Ahmed, não é?

– Sim, sou eu.

Ela me abraçou, eu estava com os olhos cheios de lágrimas. Chafia não chorava, assumia com dignidade o que se tornara.

– Não chore, minha filha! Estou bem, trabalho, ganho a vida e não preciso de ninguém. Meu único filho me foi tirado. No começo, eu ia vê-lo de longe na saída da escola, mas depois parei porque meu irmão me viu e ameaçou me espancar.

Enxugando minhas lágrimas, perguntei a ela:

– Me diga uma coisa, sei que você cometeu um erro há muito tempo, mas o castigo foi terrível.

– Vamos para o café da esquina. Preciso de uma bebida.

– Mas no café não servem álcool para as mulheres.

– Sim, eu sei, mas se nos sentarmos no fundo, longe dos olhares, o dono nos servirá um ou dois uísques.

Eu pedi um suco e Chafia disse ao garçom:

– O de sempre.

Depois de um tempo, ela acendeu um cigarro, suspirou e começou a falar:

– Minha história é simples. Eu era jovem, bastante bonita e não gostava da escola. Meu pai decidiu me casar. Ele dizia "Você é um problema". Sim, eu já não me chamava Chafia, mas "um problema". Ele repetia isso o tempo todo. Um dia, ele acrescentou: "Para cada problema, há uma solução; e sua solução se chama Hamza". Eu não conhecia esse Hamza. Pedi à minha mãe que me falasse sobre ele, ela me assegurou que era um homem de boa família, não muito rico, mas com um bom cargo na prefeitura. Nos casamos sem nos conhecer. Foi há muito tempo, mais de quarenta anos! Ele não era bonito nem feio. Gentil. Nada mais. Ele me possuía com uma rapidez impressionante e depois adormecia, satisfeito consigo mesmo. Eu era dona de casa. Criava nosso filho e quase não saía. Eu era submissa e resignada, fazia a comida e a limpeza. E então, um dia, conheci no *hammam* Houria, nossa vizinha. Linda, divorciada, astuta. Ela decidiu me ajudar.

"– Vou apresentá-la a Hafid, meu primo, solteiro e louco por mulheres. Ele vai fazer você feliz.

"– Você está louca, sou casada e muito vigiada!

"– Não se preocupe, vamos dar um jeito. Você vai para a minha casa.

"Foi assim que minha história de infidelidade começou. Confesso que não sentia a consciência pesada. Era um amor bruto. Sem conversa fiada. Nos encontrávamos à tarde. Houria estava no trabalho, meu filho na escola. Eu tinha duas horas de liberdade. Era maravilhoso. Não descobri apenas o prazer, também me apaixonei, mesmo sabendo que Hafid nunca seria meu.

"Um dia, meu marido foi para Meknès visitar a mãe doente. A casa de Houria estava ocupada. Convidei Hafid para minha casa. Eu não sabia que os ônibus estavam em greve naquele dia.

"A tragédia aconteceu em condições que você pode imaginar. Foi em uma terça-feira de junho. Disseram a meu filho que eu estava morta. Fui despojada de tudo, atirada na rua, minha vizinha não queria mais me ver, nem Hafid. Aí está, vivi momentos sublimes pelos quais continuo pagando... Mas eram outros tempos. Hoje, as coisas mudaram. O que posso fazer por você?"

– Nada, eu só queria vê-la, e se eu puder ajudar em algo, me diga.

– Não preciso de nada, só quero ver meu filho. Parece que mora no Canadá, no frio e na neve. Você poderia entrar em contato com ele e passar meu endereço.

– Farei tudo o que for possível. Serei discreta. Ninguém nunca pronuncia seu nome na família. Foi meu tio Abdel Malek quem me disse onde você trabalhava.

– Ah, esse aí deve ter a consciência pesada. É um hipócrita e um covarde como todos os outros.

Abalada, fui embora pensando: "Os tempos realmente mudaram".

Eu só pensava em Daniel. Para esquecer minha obsessão, decidi organizar uma pequena festa em casa. Nós gostávamos de receber, tanto que tínhamos funcionários – nada a ver com a vida em Paris, onde você tem que fazer tudo sozinho. Nabile sugeriu que comemorássemos o Dia dos Namorados. Eu lhe lembrei que isso não era parte de nossa cultura.

– A festa do amor é universal.

Khadija ficou responsável pela comida. Ela sabia o que fazer, eu só precisava dizer o número de convidados. Ela também sugeriu contratar duas ou três pessoas para o serviço daquela noite e se ofereceu para cuidar disso.

No dia da festa, dois homens chegaram de jelaba. Eu pedi que usassem um uniforme de serviço. O bufê estava servido como só Khadija sabia fazer. Nada faltava. Havia músicos, o clima estava agradável, os convidados felizes. Era o tipo de festa descontraída, onde amigos se reuniam com simplicidade. Bom humor e leveza acima de tudo. O álcool era apreciado tanto pelos homens quanto pelas mulheres. Aqueles que não bebiam serviam-se de suco de frutas.

Foi então que ocorreu um incidente. Khadija entregou a um dos dois garçons uma bandeja com copos de vinho tinto e vinho branco, mas ele se recusou a pegá-la:

– Como muçulmano, estou proibido não apenas de beber, mas também de transportar álcool.

– Está bem, mas você está trabalhando, vai pegar a bandeja ou não?

Ele deu um tapa na bandeja fazendo com que todos os copos caíssem no chão. Seu colega pegou as garrafas e quebrou uma após a outra, gritando:

– *Haraam*, *haraam*! Esta é a casa do pecado!

Todos ficaram chocados. Foi a primeira vez que um incidente desse tipo aconteceu em nossa casa. Nabile quis falar com os dois. Eles estavam tomados pelo fanatismo.

A polícia não demorou a chegar. Um policial pegou a identidade dos homens e ligou para a central. Aparentemente, eles eram conhecidos por pregar sobre a virtude e o vício. A festa tinha sido arruinada. Houve uma discussão sobre proibições no Islã. Um dos convidados, um colega de Nabile, disse:

– Se lermos bem o Alcorão, o consumo de álcool foi proibido gradualmente.

Outro disse:

– De todo modo, um garçom não tem o direito de nos julgar. Tenho liberdade de beber ou não beber, mas eles não suportam essa liberdade.

Outro ainda:

– Precisamos acabar com essa hipocrisia! Vocês viram que o espaço onde se vende álcool no supermercado fica à parte. Ele fecha às sextas-feiras, mas está aberto durante toda a semana. E o Estado cobra altos impostos sobre essa mercadoria! O Marrocos produz vinho desde sempre e o consumo dos marroquinos é enorme. Não conheço os números, mas sei que é enorme.

– O que acabou de acontecer se assemelha ao que acontece em alguns países do Golfo. Nos aviões que voam para esses países, você pode comprar álcool no duty-free, mas precisa bebê-lo antes que o avião entre no espaço aéreo do país! As aeromoças passam recolhendo as garrafas para jogá-las no lixo. Uma loucura, essa hipocrisia.

A noite foi abreviada. Khadija estava infeliz. Ela nunca teria imaginado que os homens que contratara seriam islamistas. Ela os conhecia desde criança no bairro de seus pais; nada os destinava a se tornarem militantes fanáticos de um islã desvirtuado, "puro" e rígido.

Nada disso me ajudou a esquecer Daniel. Mas o incidente causado pelos garçons me fez refletir. Estávamos realmente em uma sociedade estranha. Algum tempo antes, minha dentista, uma jovem mulher divorciada com dois filhos, tinha sido degolada por seu caseiro – alguém que morava com a família havia muito tempo. Ele não havia fugido. Ele chamara a polícia e se entregara justificando: "Desde que não tem mais marido, ela tem um por noite!". Ficamos profundamente abalados. Esse tipo de tragédia é raro, mas a proximidade com os empregados domésticos às vezes me assusta. Já não sabemos como nos comportar com essas pessoas, a maioria vinda de aldeias.

8

Alguns dias depois, Daniel apareceu de repente, como um relâmpago. Bronzeado, com a pele dourada: parecia saído de uma propaganda.

– Sinto muito, eu estava em um seminário sobre bem-estar, sem telefone, sem conexão com o resto do mundo, e segui uma dieta rigorosa para melhorar minha saúde. Por isso eu não estava disponível.

– E nesse seminário, eles ensinaram a prestar atenção na mulher que te ama?

– Não leve a mal... Eu me afastei para que quando nos encontrássemos fosse ainda melhor.

Ele me propôs passar alguns dias em Taghazout. Uma ausência de vários dias seria impossível de justificar. Não, tínhamos que nos contentar com nossos encontros clandestinos. No entanto, senti que algo havia mudado em sua atitude. Não acreditei nem um pouco na história do seminário. Imaginei, em vez disso, uma escapada com alguma oportunista na moda. E então ele me fez uma pergunta inconveniente:

– Me diga uma coisa, você ainda faz amor com seu marido?

Eu não quis responder. Fiquei petrificada, dividida entre forças opostas, sem saber onde me situar. O que eu poderia responder? Que eu não sentia mais desejo por ele? Que meu marido suportava essa abstinência sem compreender? Que eu estava minada pela consciência pesada e passava o tempo todo lutando contra um sentimento de culpa cada vez mais intenso? Naquele dia, entendi que Daniel era como os outros. Eu o vi em sua verdade: um consumidor de mulheres, sem escrúpulos, satisfeito consigo mesmo. Ao voltar para casa, me observei longamente no espelho. Eu tinha envelhecido. Estava com 31 anos e me sentia sem juventude.

Na tarde seguinte, liguei para Daniel e nos encontramos na casa dele. Impus minhas condições: amor à tarde; sem viagens juntos; maior discrição. A partir de então, descobri o imenso prazer de fazer amor na hora da sesta – o corpo está mais disponível, a mente também. Daniel era versátil. Ele se adaptava a todas as situações. Daí minha suspeita de não ser sua única companhia.

Aquela noite, Nabile me perguntou se era realmente meu carro que ele vira durante o dia na rua Amir Abdelkader, no número 39. Não respondi imediatamente.

– Sim, tive que passar por lá para comprar uma coisa.

– Que coisa? Notei, aliás, que o carro estava com uma batida do lado esquerdo.

– Você não vai começar a me interrogar sobre minhas idas e vindas durante o meu horário de trabalho, vai? Sim, eu tive um pequeno acidente com um sujeito que não respeitou um semáforo vermelho. Você sabe que neste país as pessoas dirigem de qualquer jeito. Vamos, pare de me incomodar.

– Não se zangue, eu só queria saber, por curiosidade, o que você estava fazendo naquele bairro, tão longe da sua farmácia.

– Eu estava me divertindo com um cliente muito atraente; ele veio comprar paracetamol, gostei dele e o segui até seu apartamento. Pronto, era isso que queria?

– Não, sei que você está brincando.

– Na verdade, fui comprar alguns DVDs em uma rua adjacente. Aliás, eles estão aqui, na minha bolsa. Se você quiser, podemos assistir *O leopardo* ou *A mulher do lado*, com Fanny Ardant e Depardieu – uma trágica história de amor, me disseram.

Nabile mudou de tom e atitude. Eu, tendo confessado metade da história, mas sem que ele soubesse, me senti ambivalente. Não havia nenhum motivo de orgulho.

Fui tomar um banho quente de banheira. Nabile se juntou a mim, e eu me deixei envolver por seu abraço. Acho que até cochilei. Então ele me levou para a cama enrolada em um roupão, acariciou minha bochecha e, sem me tocar, sugeriu que assistíssemos ao filme de François Truffaut. A história de um adultério entre vizinhos no campo, uma história que termina mal.

– É estranho – ele disse –, Truffaut se apaixonava por todas as suas atrizes. Ele dedicou dois filmes ao adultério, *Um só pecado* e *A mulher do lado*. O assunto devia preocupá-lo. Nos dois filmes, o final é trágico. É curioso. Ninguém mata o marido por causa de uma traição. No máximo as pessoas se separam, mas ninguém pega uma arma para matar o outro em um restaurante, como acontece em *Um só pecado*.

Em nenhum momento eu havia considerado tal possibilidade. Eu não via Nabile atirando em Daniel ou em mim. Não, ele tem um temperamento muito pacífico. Mas nunca se sabe.

Os encontros com Daniel às quatro horas da tarde se tornaram um hábito. Eu tinha uma cópia da chave. O zelador me conhecia. Eu lhe dava uma boa gorjeta para que ele fosse discreto. Eu subia antes da hora e me preparava para receber o homem que iria satisfazer minhas expectativas eróticas cada vez mais exigentes. Eu sempre ficava em um estado estranho. Eu tinha tremores, ou uma série de ondas de calor como se estivesse na menopausa. Eu pensava: "Não está certo, Lamia, não está certo de jeito nenhum". Mas assim que ele aparecia, eu esquecia tudo e entrava de cabeça em um sonho.

Daniel se mantinha à altura. Falávamos pouco. Nosso relacionamento se tornou puramente sexual. Sexo sem palavras. Ou palavras sem carinho que ele gostava de me dirigir no momento do clímax. Ao contrário de algumas mulheres, eu não gostava de ouvir obscenidades durante o sexo. Eu continuava pudica, apesar de tudo.

Ele insistia em mudar de posição a cada um de nossos encontros. Ele tinha imaginação e me guiava. Eu pensava no livro de Annie Ernaux, *Paixão simples*: eu não o havia lido, mas Nabile havia me falado muito sobre ele. É a história de uma mulher que passa seu tempo à espera do amante. Sem diálogos. Sexo e silêncio. O único som que se ouve é o dos lençóis sob os corpos em movimento. Em contraste, eu havia ficado profundamente comovida com *Intimidade*, filme de Patrice Chéreau: uma mulher e um homem se encontram todas as quartas-feiras, fazem amor com toda a naturalidade, depois a mulher se veste e vai embora sem dizer uma palavra. O desejo é silencioso, apesar do tumulto da rua. O encontro deles é a única coisa que importa.

Eu saía de lá satisfeita, tranquila e feliz. Era no momento de voltar para casa que as coisas ficavam sombrias. Enfrentar a família, viver com ambivalência, ir de uma casa a outra me fazia sofrer. Além disso, eu precisava me manter alegre, sorridente e brincar com as crianças, responder a suas perguntas enquanto faziam a lição de casa, receber meu marido com carinho, me sentir em casa... Um inferno! Um inferno silencioso. Isso tinha que parar. Eu iria seguir o conselho da amiga de minha mãe e começar a me afastar: ver Daniel a cada dois dias, depois a cada três dias e assim por diante. Calculei: em três meses, não veria mais Daniel. Mas tudo na teoria.

Pertenço a uma sociedade em que na prática se aceita que o homem casado tenha casos ou até leve uma vida dupla. Ele é perdoado. Ele não é perseguido. Isso é exasperante. Minha história, desde o início, seguia um caminho que eu havia traçado ao perceber que a condição da mulher no Marrocos só mudaria se cada mulher decidisse não ser submissa e viver sua vida plenamente. No entanto, eu não havia escolhido a traição. Ela não estava em meu programa: ela havia acontecido e eu a vivia mais ou menos bem. No Marrocos, uma mulher divorciada, ainda mais por adultério, é descartada como uma fruta podre. Ela não serve para mais nada e todos os olhares, inclusive os das outras mulheres, se voltam para ela com desprezo. Eu sei que algumas mulheres traem seus maridos, mas elas o fazem com maestria, acima de qualquer suspeita, parecem esposas exemplares, praticando a hipocrisia com perfeita habilidade. Essas mesmas mulheres não hesitariam em me julgar e insultar. Eu, por minha vez, não era boa em esconder meus sentimentos, pois se tratava de amor e de emoção; não era apenas uma questão de sexo, era uma paixão.

Somente minha amiga Kenza podia me entender. Eu esperava que ela se cansasse de seu novo amor para encontrá-la.

Um dia, tive uma breve discussão com minhas cunhadas, que duvidavam de minha fidelidade e tentavam me encurralar. Uma delas, pensando que era inteligente, começou a falar sobre a infidelidade em geral. Ela emendava banalidades e clichês do tipo: "O homem precisa de várias mulheres, aliás é por isso que existem bordéis; a mulher, por sua vez, precisa ser fiel, este é seu dever etc.". Eu concordava em silêncio.

A outra, mais astuta, casada com um homem de negócios que viajava com frequência, acrescentou: "O fato de Sidi Khalid viajar o tempo todo impede que nosso amor se desgaste; nos reencontramos toda vez como se fosse a primeira. Eu o espero com impaciência. Fico feliz de ser uma dona de casa e dispor de meios para praticar esportes, yoga, jogar bridge. Sou uma mulher realizada, não preciso procurar em outro lugar...". Respondi apenas: "O importante é ser sincero, proteger a família e ser fiel a seus sentimentos". Um mal-estar pairava no ar. Eu não cedi. Eu não iria fazer dessas duas mulheres minhas confidentes. Seus olhares não eram benevolentes, elas tentavam me encurralar. Prova de que as mulheres nem sempre são solidárias entre si, nem mesmo na família!

A primeira retomou: "É por isso que Deus permite que o homem tenha quatro esposas". Eu a interrompi: "Contanto que ele ame todas elas igualmente e as trate absolutamente da mesma forma. Sem preferências, sem privilégios. Isso é impossível! Na verdade, minha cara, a poligamia, se seguirmos escrupulosamente o que diz o Alcorão, é impraticável. Ela é uma armadilha que leva o homem à injustiça, e isso o Islã não aceita. Além disso, em nosso país, a poligamia está sujeita a condições impossíveis".

Elas não teceram nenhum comentário. Uma delas se levantou e me disse: "Você sabe muitas coisas".

9

Decidi passar um dia inteiro com Daniel, sem fazer nada, como se fôssemos um velho casal. Eu queria saber se ficaria entediada. Cheguei à casa dele às oito e meia, depois de deixar as crianças na escola. Eu tinha passado na padaria, comprado croissants e pães de chocolate, além de flores, algo que nunca tinha feito em minha própria casa.

Ele estava dormindo profundamente. Deitei na cama com ele, seu corpo quente me atraía irresistivelmente. Fizemos amor com toda calma. Depois, preparei um café da manhã e nos sentamos na varanda. De lá, podíamos ver toda a cidade de Casablanca, com a Mesquita Hassan II avançando sobre o mar.

Casablanca é bastante bonita vista de longe. Quando circulamos por ela é que descobrimos o quanto a cidade cresceu e sacrificou seus espaços verdes. Daniel e eu falamos sobre sua arquitetura e lamentamos o desaparecimento das casas art déco. Então, ele trouxe à tona um assunto inesperado:

– Quero ter um filho com você.

Fiquei perplexa. Nunca imaginei que um dia esse sedutor errante quisesse um filho.

– Você está louco! Um filho meu significa divórcio imediato e novo casamento.

– Quem falou em casamento? Só quero que nosso amor seja coroado pelo nascimento de uma menina.

– Você até já escolheu o sexo.

– Não, um filho também seria ótimo.

– Enfim, você não está falando sério, não foi feito para ser pai! Tudo em sua vida gira em torno de você mesmo.

Ele se calou por um instante, com o rosto sério, e então disse:

– Não sou eu, é minha mãe.

Então, eu deveria ter um filho dele para satisfazer o desejo de sua mãe?

– Você sabe que uma mãe marroquina, judia ou muçulmana, só se acalma quando se torna avó.

– É verdade, sim, a muçulmana também. Não somos tão diferentes. Mas é um pedido curioso... Imagino que eu seria uma barriga de aluguel, e ela criaria a criança?

– Exatamente. Minha mãe a viu outro dia, saindo da minha casa, e a achou perfeita para o papel. Sabendo que não penso em casamento, ela me fez esse pedido.

Levantei-me e fui embora, dizendo:

– Sua piada não tem graça.

Passei o resto do dia na farmácia e na fábrica de medicamentos. No fim da tarde, liguei para o tio Abdel Malek e fui tomar chá em seu jardim. Ele estava lendo Montaigne, o que viu como uma oportunidade para aprimorar minha educação, já que eu lia muito pouco, algo que Nabile me criticava com frequência.

– Minha querida, vou lhe prescrever uma coisa: duas páginas dos *Ensaios*, de manhã e à noite. Você ficará maravilhada. Veja o que estou relendo, na página 31 do capítulo XVII, Livro II: "Existe um tipo de glória que é uma opinião excessivamente elevada que temos de nosso próprio valor. É uma afeição irrefletida, com a qual nos apreciamos, que nos representa para nós mesmos diferentes do que somos: assim como a paixão amorosa empresta belezas e graças ao objeto de seu afeto e faz com que aqueles que estão apaixonados vejam o que amam por um julgamento turvo e alterado, diferente e mais perfeito do que realmente é".

Peguei o livro e reli a frase. Fiquei perturbada. Parecia que Montaigne estava se referindo à minha história. Prometi a meu tio que compraria os *Ensaios* e seguiria seu conselho.

A meu redor, poucas pessoas liam. Quando eu era estudante, não fui uma grande leitora, ainda que Nabile me incentivasse a ler. Com o trabalho, o casamento e todo o resto, a leitura continuava não ocupando muito espaço. Eu precisava voltar a ela, senão me tornaria uma idiota! E, se eu lesse, Nabile ficaria feliz. Ele me apresentara a esse prazer, eu lhe devia não abandonar o que ele chamava de "vício impune".

Naquela noite, lembrei-me do que Montaigne disse sobre a paixão e me perguntei se não estaria seguindo o caminho errado. Não era hora de terminar esse relacionamento em que o sexo ocupava uma grande parte?

Na manhã seguinte, Daniel veio me buscar na farmácia e fomos almoçar em La Corniche. O dia estava bonito. Estávamos felizes. Eu não tinha a menor vontade de me separar dele. Ele me pareceu um pouco sem jeito, com o olhar fugidio. Eu adorava sua forma de parecer descontraído, mas estar tenso por dentro. Eu achava que o conhecia bem. Amar é saber tudo do outro, mesmo aquilo que ele não mostra.

Eu estava enganada, é claro.

Fomos para a casa dele depois do almoço. Fizemos amor em todas as posições. Ele me deixava louca, eu gritava. Ele colocava a mão na minha boca, com medo de chamar a atenção dos vizinhos. Eu era dele, inteiramente dele. Ele podia fazer o que quisesse com o meu corpo. Minha alma lhe pertencia. Eu estava perdida. Sim, senti que estava perdida. Que nunca mais encontraria aquela intensidade, aquela força, aquela liberdade feliz.

Enquanto eu descansava totalmente sem energia, ele me perguntou novamente:

– Me diga uma coisa, você continua fazendo amor com seu marido?

Eu fiquei desconcertada. O que responder?

– Não é da sua conta. Não gosto dessa pergunta.

– Desculpe, é uma curiosidade indelicada de minha parte.

Adormeci enquanto ele fazia uma ligação. Depois do banho, ele me observou vestir minhas roupas. Isso me fazia rir, mas não a ele.

– Por que me olha assim? Fico constrangida.

Depois de um silêncio, ele esmagou o cigarro quase intocado e disse:

– Porque é a última vez que nos vemos.

Sentei-me na beira da cama com medo de desmaiar. Ele virou as costas para mim, vestiu o casaco e, sem me olhar, bateu a porta, dizendo: "Deixe as chaves em cima da cômoda!".

Fiquei ali por um bom tempo, arrasada, as lágrimas escorrendo livremente. Juntei minhas coisas com dificuldade, deixei as chaves na cômoda do hall de entrada e fui embora. Andei sem saber para onde ia. Lembrei da longa caminhada noturna de Jeanne Moreau em *Ascensor para o cadafalso*; faltava apenas o trompete de Miles Davis. Mas eu estava nas ruas barulhentas de Casablanca. Eu não ouvia as buzinas dos carros nem os chamados dos homens sentados nas mesas dos cafés. Eu era uma sombra, um zumbi, e caminhava sem pressa, atordoada, porque não sabia para onde meus pés me levavam.

A brutalidade do rompimento, depois daquela tarde de amor louco, era incompreensível para mim. Mas não havia nada a entender. Eu vivia a paixão, ele a sedução. Ele era um conquistador sem escrúpulos. Devia estar acostumado a fins abruptos. Sim, eu tinha sido seduzida, usada e abandonada. Seria um bom título para um filme italiano. Passei pelo Café Zarktouni. O garçom me interpelou:

– Tudo bem, senhora? Parece... Venha, vou lhe oferecer um café.

Aceitei, tomei um café forte, me levantei sem agradecer e continuei minha caminhada. Depois de um tempo, decidi pegar um táxi e voltar para casa. Dentro do táxi, porém, não consegui me lembrar do nome de minha rua. O motorista foi gentil, tentou me ajudar:

– Dá para ver o mar de sua casa?

– Sim.

– Anfa ou Californie?

– Anfa, rua 21.

– Ah, a antiga Rue du Maréchal-Juin...

Durante o trajeto, tudo ficou embaçado; eu não via nada do mundo exterior. O motorista me ofereceu uma caixa de lenços sem dizer nada. Quando chegamos, dei a ele uma nota de duzentos dirhams, o que era muito, e saí sem esperar o troco.

Em casa, me tranquei no banheiro e esfreguei minha pele até sangrar para tirar o cheiro de Daniel. Eu também tinha que deixá-lo. Minha cabeça girava. Era como se me faltasse um membro. O membro fantasma era ele, em busca de outras aventuras com outras mulheres. E eu, de volta para casa, não tinha mais coragem de enfrentar meu marido. Minha alma tinha sido confiscada por um estranho, um sedutor, um ladrão de amor. Restava-me apenas dizer a verdade, para sair dessa situação que estava me fazendo perder o rumo. Ao confessar tudo, eu corria o risco de perder tudo, ou talvez de recuperar minha vida anterior como se nada tivesse acontecido. Era uma aposta. Em que eu colocaria todas as minhas fichas à noite. Eu sairia do banheiro aos prantos e diria a meu marido, que me perguntaria o motivo do choro: "Ele me deixou". Talvez eu acrescentasse: "e eu vou deixar você".

IV

LAMIA

1

Nabile estava me esperando para me contar uma boa notícia. O Crescente Vermelho Palestino lhe concedera a medalha da Solidariedade e ele deveria fazer a viagem para a cerimônia dessa espécie de Legião de Honra raramente concedida. De acordo com a carta recebida naquela manhã, ele havia salvado mais de cem crianças durante o mês de julho de 2014 que passara em Gaza.

Ele estava orgulhoso dessa distinção e queria compartilhar sua alegria com a esposa. Quando éramos estudantes, participamos uma vez de uma manifestação pelo povo palestino, levados por amigos militantes. Agora, admito que o destino desse povo me era um tanto indiferente. Eu não falava sobre isso, ao contrário de Nabile, que permanecera comprometido com o que ele chamava de "Justiça para a Palestina".

Ele estava de pijama, sentado na beira da cama, e esperava que eu saísse do banheiro.

– Você está chorando, querida, o que aconteceu?

Meus soluços se misturavam às palavras. Ele tentou me abraçar, eu o afastei e, em um tom calmo, disse:

– Ele me deixou. Daniel me deixou.

– Mas que Daniel? Que história é essa? Que delírio, que brincadeira de mau gosto!

– Não estou brincando, é tudo culpa sua, caí nos braços dele por sua causa, por sua indiferença, pela rotina que você criou em nosso casamento.

– Você está falando de Daniel Cohen, o farmacêutico contador?

Nabile levantou, deu a volta na cama, saiu do quarto e voltou com uma garrafa de água.

– Você me traiu com esse cara, esse playboy de praia, essa caricatura de gigolô! Você deve ter enlouquecido, você percebe o que fez, o que fez conosco, comigo e com nossos filhos?

– Eu me apaixonei, só isso. Me apaixonei. Você entende? Não, você não sabe mais o que é isso, o amor era bom no começo, os encontros, as peças de teatro em Paris, os passeios na chuva, depois, quando nos casamos, pouco a pouco, eu me tornei uma posse, você pensou essa é minha esposa, agora passemos a outra coisa.

Ele bebeu vários goles da garrafa. A água escorria por seu queixo e peito. Ele despejou o restante na cabeça como se estivesse com muito calor. Seu pijama e os lençóis estavam encharcados. Ele começou a girar em círculos como um dervixe rodopiante. Ele parecia entrar em transe de tanto repetir "ela me traiu, estou perdido, estamos perdidos". Eu olhava para ele com preocupação. Quando me aproximei, ele me empurrou com violência e me fez cair no chão. Nabile continuou girando, girando e então caiu por sua vez, como se estivesse tendo um ataque epilético. Ele se contorcia, espuma saía de sua boca. Peguei o telefone para chamar um amigo médico. Nabile estava inconsciente. O choque tinha sido grande demais. Eu me sentia culpada por ter causado toda aquela violência. Comecei a chorar.

O médico lhe deu uma injeção, e Nabile recuperou os sentidos. Ele tinha dificuldade para falar. Eu temia que mencionasse o motivo desse drama. Ao sair, o médico me disse:

– Venha me ver amanhã, por favor.

Ele era mais amigo de Nabile do que meu. Eu respondi "sim", constrangida.

Nabile adormeceu imediatamente. A calma reinava na casa. Fiquei cara a cara comigo mesma. Era impossível dormir. Eu ia da cama para o banheiro. Precisava de ajuda, alguém para me aconselhar, para me absolver.

Liguei para Kenza, mas caiu na caixa de mensagens. De todo modo, já eram duas da manhã. Peguei a frase de Montaigne que havia anotado em um caderno. Li e reli, mas não obtive respostas. A noite prometia ser longa e penosa. Nabile falava durante o sono, mas eu não entendia nada. Eram palavras incoerentes entremeadas por roncos.

Ao contrário do que eu havia pensado, não me senti aliviada. Ao confessar, criei um novo problema. Ferido, Nabile ia querer se vingar. Eu partiria antes. Geralmente, nesse tipo de drama, é o homem que erra, segue-se uma discussão e o ressentimento se impõe entre ele e a mulher. Mas é impensável que a mulher adúltera possa ser aceita na sociedade: seu erro é sempre considerado mais grave que o do homem, ainda que se trate do mesmo delito. Eu iria embora porque tinha condições financeiras para isso. Eu iria embora para ser coerente comigo mesma. Aquelas que ficam, muitas vezes, são dependentes de seus maridos e não podem se dar ao luxo de ter coerência moral. Muitos casais continuam vivendo juntos, machucados e silenciando as sequelas. Eles mantêm as aparências porque vivem em um país onde se leva em consideração, de forma patológica, o que pensam e dizem os outros, primos, vizinhos, parentes e amigos próximos e distantes. Eu, por minha vez, me destacaria. Não tinha nenhum mérito nisso. Minha independência financeira me dava essa liberdade. Eu a devia ao meu pai e também à minha ambição, que, cedo, me guiou a projetos, viagens, encontros – enfim, uma vida paralela que, sem que eu quisesse, tinha se tornado uma vida dupla.

Antes de ter uma conversa com meu marido, eu queria ter uma com meu amante. Mas Daniel estava inacessível e meu marido não estava em condições. Ele sofria, e tudo era culpa minha.

2

Nabile ainda dormia quando me levantei. Nem o barulho do chuveiro nem minhas idas e vindas o acordaram. Melhor assim, porque eu não saberia o que dizer a ele no dia seguinte ao drama. Preferi sair discretamente. Deixei as crianças na escola e pedi a Lahcen para buscá-las ao meio-dia. No caminho, Mehdi me perguntou:

– Vocês vão se divorciar?

– Por que está me perguntando isso?

– Porque ouvimos tudo ontem à noite. Vocês acham que as crianças são surdas ou indiferentes? Estamos a par de tudo. Então, quando será o divórcio?

– Não, meu querido, vamos conversar, mas não se envolvam com isso. Amamos muito vocês.

– Ok. Eu ganhei!

– O que você ganhou?

– Apostei com Yasmine que você me diria isso! Ela me deve cinquenta dirhams.

Eles riam, felizes com o jogo. Fiquei feliz que eles estivessem lidando assim com a situação, foi uma sorte.

Depois de deixá-los na escola, parei em frente ao Café Zarktouni. Chamei o garçom, que me disse:

– Deixe-me estacionar seu carro, sente-se.

Entreguei-lhe as chaves e me sentei no mesmo lugar de sempre. Havia apenas homens lá, alguns fumando desde cedo. Eu não suportava toda aquela fumaça, mas não havia nada a fazer. Nenhum sinal de Daniel. O garçom mencionou espontaneamente:

– Não vimos o sr. Daniel. Ele deve ter viajado. Aceita um chá, como de costume?

– Não, dessa vez só um café bem forte.

Tive a impressão de que o garçom tinha entendido tudo. Uma mulher adúltera é logo identificada. Eu esperava estar enganada.

– A senhora não é a primeira a quem ele faz isso.

– "Isso" o quê?

– Ah, a senhora sabe, meu trabalho me ensinou a observar e a prever as coisas antes que elas aconteçam. Tenho uma boa intuição. E saiba que também gosto de mulheres, só não tenho meios de conquistá-las. Sou realista, o que elas fariam com um garçom? Mesmo assim, dizem que não sou nada mal... Enfim, siga meu conselho, se me permite, esqueça o sr. Daniel.

Passei a manhã na farmácia e no escritório, pagando contas e preenchendo documentos administrativos para a agência de câmbio. Espanha e Portugal tinham comprado uma boa quantidade de medicamentos básicos, genéricos de baixo custo. No entanto, minha mente estava dividida entre Nabile e Daniel, duas ausências.

Ao meio-dia, avisei Lahcen que buscaria as crianças; levei-os a um pequeno restaurante italiano. Comemos massa e depois os deixei de novo na escola. Eles estavam felizes. Ao sair, Mehdi me disse:

– Não se preocupe, mamãe, estamos aqui, não vamos abandonar ninguém. Hoje em dia, um divórcio não é nada, é um momento difícil a ser enfrentado, depois uma nova vida é possível...

– Mas do que você está falando?

– Da vida! Estou falando da vida.

– Está falando como um adulto.

Fiquei com lágrimas nos olhos.

Eu tinha arrumado minha mala na véspera. À noite, me sentei no sofá e olhei para os objetos a meu redor. A mesa de centro, o lustre que ganhamos no dia do nosso casamento, quadros sem importância, o tapete de Rabat. Ao fixar seus padrões, senti uma vertigem. As cores se misturavam e me faziam sentir como se estivesse em um sonho. Me deixei cair no sofá. Depois de chorar silenciosamente, adormeci. Eu esperava ver meu marido surgir das sombras e me abraçar. Mas nada aconteceu. De manhã, me senti pronta para o confronto, para as explicações, para as decisões, para tudo. Eu estava pronta. Eu tratava esse assunto como se uma de minhas empresas estivesse com problemas. Em geral, sou racional e tento não perder o controle.

Eu era como minha fábrica, com suas forças e fraquezas. Sou marroquina, vivo entre dois mundos, duas culturas, duas línguas, duas tradições. Minha modernidade se devia ao fato de ser reconhecida enquanto indivíduo. A sociedade marroquina reconhece pouco o indivíduo como entidade única e singular: ela prefere falar ao clã, à tribo, à família. Nabile nunca lutou para conquistar esse reconhecimento, ele sempre fez tudo como todo mundo e se deixou engolir pela família. Eu, graças a meu trabalho e minhas ambições, me impus como uma pessoa que não é nem filha nem esposa.

Quando voltei da França, logo entendi que a primeira luta a travar nesse país seria no sentido de abalar nossas certezas. Falei sobre isso muitas vezes com meu marido, mas ele sempre me repetia: “Sozinha, você não vai mudar a sociedade marroquina, há séculos enraizada em suas tradições...”. Eu não tinha a pretensão de mudar toda a sociedade, mas de agir e viver de acordo com meus princípios e valores.

Hoje acredito que nossas diferenças começaram assim, de forma insidiosa. Depois, o desgaste veio porque ele não se esforçava mais em consolidar nossa felicidade conjugal. Eu estava entediada. Ele não percebia. Ele me amava. Eu o amava, mas tinha dúvidas. Eu era frágil, apesar de tudo, e o primeiro sedutor que encontrei me levou. Nada original. Exceto que, no Marrocos, o adultério pode ser vivido, desde que cercado por um muro de mentiras e hipocrisia social. Algumas mulheres passam mais tempo fazendo planos para encontrar seus amantes do que vivendo esse relacionamento que consideram vergonhoso. Elas se tornam campeãs do planejamento. E as aparências são preservadas. Isso é tudo o que importa para elas. Às vezes, o marido descobre, e então o drama se torna uma grande cena de humilhação. Tenho uma amiga que ficou de joelhos para beijar os pés do marido traído: ele a rejeitou, chutando-a como um animal indesejado. Depois, ele ficou com ela, fazendo o que queria, e ela, a vadia, a infiel, a traidora, a indigna, teve que se calar e aceitar tudo, senão acabaria na rua. Isso acontece com mulheres que são completamente dependentes de seus maridos, claro. Elas aceitam tudo para não se verem sozinhas e abandonadas, sem direitos, separadas de seus filhos. A moral e a religião estão na base de todo julgamento. Ah, o islã! Religião de paz, mas tão mal compreendida, tão mal interpretada. Em nome do islã, o homem se permite muitas injustiças. A lei costuma estar do seu lado e ele aproveita sem vergonha. Se estivéssemos em um país laico, nossos relacionamentos seriam mais saudáveis. Mas não acredito que um dia este país, ou melhor, seus homens, aceitarão restringir a religião à esfera privada. Eles precisam dela para dominar e perpetuar uma ordem arcaica.

No entanto, acredito ser uma boa muçulmana. Acompanhei meus pais a Meca e admito ter vivido momentos de grande emoção nessa cidade.

Cometi um erro. Eu deveria, desde o primeiro dia, ter confessado tudo e vivido minha paixão. Mas eu não tinha certeza de nada. Eu estava loucamente apaixonada e cega, como se diz. A paixão inclui a fraqueza, ela é uma espécie de loucura feita de vertigem e alegria. Não temos mais os pés no chão. Não vemos mais a realidade como ela é. Acreditamos em qualquer coisa. É comparável a entrar em uma seita ou em um convento. Se Daniel me dissesse que a Terra era plana eu teria acreditado. Esse amor repentino e brutal precisa ser vivido ao menos uma vez na vida para percebermos o quão vivos ele nos torna. Eu me sentia viva nos braços de Daniel, e ainda me sinto em minhas lembranças. Essa sensação tem algo de inebriante. Seguimos em frente de olhos fechados e coração aberto. Não pensamos nas consequências. Não queremos ver que haverá consequências. Eu às vezes pensava em meus filhos, depois pensava: "Eles vão me perdoar, meu marido não".

Lembro de ter escrito uma carta para Daniel no início do nosso relacionamento, uma carta que ele nunca respondeu:

> *Estou em um estado estranho. Sinto que deveria parar tudo agora antes de escorregar ainda mais. Mas também me parece que seria um crime contra a vida. Quero me entregar a você. Completamente. Mas estou lutando. Ainda quero poder olhar as pessoas nos olhos e não me sentir desonesta. Por que fui cruzar com você? Eu sempre soube resistir aos outros. Agora me sinto fraca. Fraca e rica. Rica de nosso encontro. Rica de suas palavras, de seu olhar, de sua língua, de suas mãos, de seu sexo.*

3

Essa noite, Nabile não voltou para casa. Esperei por ele, liguei para ele. Nenhuma resposta. Ele deve estar na casa de seu amigo Hakim, o solteiro convicto, seu conselheiro, especialista em relacionamentos breves. Sei que ele o admira e gostaria de ter seu temperamento, seu lado cínico e indiferente às dores que causa nas mulheres que caem em seus braços acreditando terem encontrado o grande amor. Hakim é, no fim das contas, uma espécie de Daniel mais experiente. Meu relacionamento com Daniel não foi tão breve. Seis meses é bastante tempo. Cada encontro durava para mim dias e noites. Acho que Daniel tinha sentimentos por mim. Não, não tenho certeza. Em Hakim, não há lugar para sentimentos. Essa é sua força e também sua fraqueza, é o que o torna bastante monstruoso.

A história de Hakim, que Nabile me contou em detalhes um dia, diz muita coisa sobre esse país tão jovem e antigo ao mesmo tempo. Quando jovem, Hakim teve um casamento meio por amor e meio por conveniência com uma garota que havia acabado de terminar os estudos em arquitetura e trabalhava em seu escritório. Bonita, de boa família, como se diz, bastante talentosa em seu trabalho, ela se apaixonou por ele imediatamente. Quando ela lhe anunciou que estava grávida, ele ficou muito constrangido, depois decidiu fazê-la abortar clandestinamente. Ela se recusou e ameaçou contar aos pais. Hakim não podia se dar ao luxo de romper com a família dela, pois o pai da garota era um grande empresário de Casablanca com quem ele trabalhava. Um empresário que lhe confiara muitos projetos no início de sua carreira. Não apenas Hakim lhe devia muito como não podia brigar com ele. Então ele se casou com a garota, e assim nasceu seu filho Yanis, que foi criado pelos avós, pois ele se divorciou assim que seus negócios se tornaram prósperos o suficiente para dispensar os projetos do sogro empreendedor. Ele é um homem cínico, calculista, egoísta, mas muito charmoso. Entendo por que as mulheres caem em seus braços. Ele organizou sua vida em função de seu prazer. Hedonista, ele dedica suas manhãs a trabalhar duro no escritório, que em poucos anos se tornou um dos mais importantes de Casablanca, e a partir das três da tarde ele cuida do corpo, praticando esportes, e depois prepara as noites que organiza para os amigos, que adoram ir à casa dele. Um bufê geralmente é montado com os melhores vinhos do país. Os marroquinos gostam de beber, mas Hakim sabe até onde pode ir sem perder o controle da situação. Porque a noite geralmente termina com uma de suas convidadas, às vezes uma antiga conhecida, às vezes uma nova colega de academia ou de um canteiro de obras.

Ele tem uma agenda com fotos em seu celular. Quando ele desliza pelas imagens das garotas que conhece, os homens babam. Uma ligação e a garota está lá. Todas pensam que são importantes o suficiente para fazê-lo se apaixonar e casar com ele. Ele lhes dá esperança e, com uma leveza desconcertante, se separa delas. Ele não tem peso nenhum na consciência, nenhum sentimento de culpa. Ele montou toda uma organização à la Don Juan e conta com seu charme, seu dinheiro e sua habilidade. Ele me disse um dia:

– Eu amo as mulheres; sou como o homem que amava as mulheres, no filme de François Truffaut. Me reconheci nessa paixão que consiste em ter mulheres o tempo todo em minha vida, sem que nenhuma tenha o direito de se estabelecer para sempre, porque não suporto a convivência próxima demais e os aborrecimentos que se seguem. Eu seduzo, desfruto, dou presentes e passo para outra. Como dizia Luís XIV, o melhor afrodisíaco é a mudança. Não machuco ninguém, não prometo nada, e todo mundo se diverte, levando a vida de forma despreocupada – não adianta ficar obcecado com as tribulações da vida cotidiana.

Esse é Hakim. Ele não pensa na velhice, no momento em que as mulheres se afastarão dele, porque terá envelhecido e será menos atraente. Solidão? Ele não pensa nela. Diz viver no presente. Não sei como ele faz. Viver no presente é um ideal, e ainda é preciso ter a capacidade intelectual de não se projetar no futuro nem ser nostálgico.

Eu me pergunto o que ele estará dizendo agora para o meu marido, que conselhos estará dando a ele. Nabile é bastante influenciável. Por mais que eu telefone para meus dois homens, não obtenho resposta. Vou precisar aprender a esquecer aquele que me deixou louca. Toda paixão tem um fim. A nossa está destinada a acabar, assim é. Eu sei. É a razão que fala, mas no fundo ainda espero que o homem que eu amo ressurja e me faça dançar de prazer. Quanto a Nabile, ele está ferido. Eu o entendo, é por isso que preciso partir, ao menos por um tempo. Talvez ele volte para mim. Até lá, estarei curada. Sim, alegarei ter tido uma doença, um amor louco, uma paixão. Ele será capaz de me entender? Não acredito.

4

Alguns dias depois, ele chegou com uma pasta, a colocou em cima mesa, acendeu um cigarro, embora tivesse parado de fumar, e com um tom firme que não lhe era característico, me disse:

– Em caso de divórcio, a mulher adúltera no Marrocos não tem nenhum direito. Ela pega suas coisas e vai embora. Quanto às crianças, elas ficarão comigo. É a lei. Quer contratar um advogado ou quer pegar suas coisas e ir embora? Se quiser, podemos ter o mesmo advogado, mas como conheço você, acho que não confiará em mim e virá com um desses advogados desonestos que levam à destruição. Como preferir.

Eu não respondi. Ele estava determinado. Pensei um pouco e tentei outra abordagem:

– Por que não nos damos uma segunda chance e recomeçamos do zero? Nós nos amamos... Você ao menos sabe que o amo? Você é meu homem, mesmo que eu tenha sido atraída por outro. Não pude evitar, foi mais forte que eu. Nem minha educação pudica nem meu amor por você me impediram de me apaixonar por um homem que me seduziu e depois me abandonou.

– Já que foi você quem pediu o divórcio, vamos ter o mesmo advogado ou você terá o seu próprio?

– Estou cansada... Vou ligar para o sr. Oufir, ele é conhecido por ser implacável. A guerra foi declarada.

Eu sabia que iria perder. A guerra seria difícil de vencer com todos os erros do meu lado, mesmo com um advogado conhecido por sua ferocidade.

A reunião com o advogado me gelou o sangue. Ele falava como um militar e usava palavras assustadoras:

– Certo, vamos fazê-lo comer poeira. A estratégia é simples, sem descanso, vamos com tudo, provamos que ele não é apenas um mau marido, mas também um mau pai. Deixe tudo comigo. É guerra, sem sentimentos, sem arrependimentos. Quanto aos juízes, deixe que me encarrego, estamos no Marrocos. (Com a mão, ele fez o gesto de passar dinheiro por baixo da mesa.)

Quando eu disse que amava meu marido, ele gritou:

– Mas você é masoquista? Esqueça seu marido e veja onde estão seus interesses. A casa é de quem?

– O terreno foi dado pelo meu pai, construímos a casa juntos.

– Você sabe a porcentagem da contribuição dele?

– Um terço. Ele tinha menos dinheiro do que eu.

– Aí está um bom ponto de partida: a casa não é dele; ele mora na sua casa. Isso é importante. Você não vai sair da casa. O terreno mais a sua contribuição lhe dão o direito de ser dona de oitenta e cinco por cento. Os quinze por cento restantes não permitem que ele reivindique o que quer que seja.

Eu estava diante de um guerreiro determinado a tirar a pele de meu marido, por quem eu ainda tinha afeto. Mas eu tinha que deixá-lo agir.

O resto foi terrível. Ganhei a causa da casa, mas não a guarda das crianças. Normal. Essa é a lei quando a culpa é da esposa. Ainda bem que Nabile concordou em me deixar visitá-las quando quisesse – não íamos fazer como os europeus, que têm um calendário rígido, hora por hora. Minha vitória era amarga. No tribunal, Nabile estava desamparado, abatido. Eu tinha a sensação de ter sido injusta. Tentei tranquilizá-lo, mas ele não queria me dirigir a palavra. A eficácia de meu advogado me desestabilizou. Eu preferiria um acordo amigável, mas era tarde demais. O mal estava feito, a ferida aberta. No entanto, recusei que ele saísse de casa. Eu dava um jeito de não estar lá quando ele chegava, pedia a Lahcen para me avisar. O bom Lahcen estava infeliz com o divórcio, assim como Khadija. As crianças também estavam tristes. Eu explicava que o mais importante era que nos amássemos. Nabile passava muito tempo na casa de Hakim.

Cruzei com Daniel por acaso. Ele havia mudado, meus sentimentos por ele também. Mas quando o vi, foi como um soco no estômago. Tomamos um café na avenida Zarktouni: ele me falou sobre seus negócios, seus problemas com o fisco – uma auditoria o obrigara a fugir para Portugal. Eu não acreditava em uma palavra do que ele me dizia. Agora eu o via como ele realmente era: fanfarrão, oportunista, um Don Juan sem envergadura. Eu já não o via mais como o homem deslumbrante que me revelou a mim mesma, mas como um pequeno bandido, um casablanquense como os que existem aos montes. Desapontada, enojada, pensei: "E pensar que foi esse homem medíocre que arruinou minha vida conjugal... Foi por causa desse pobre-diabo que hoje estou divorciada e deprimida. Realmente, ele não valia a pena". Levantei-me e saí sem olhar para trás. Foi a última vez que vi Daniel.

O terreno era grande o suficiente para construir um apartamento ao lado da piscina para Nabile. Eu cuidei de tudo, mobiliei e decorei. Coloquei suas coisas nos armários. Ele até podia entrar pela segunda porta, no fundo do jardim.

Eu não sabia quando ele estava lá. Nós nos cruzávamos de tempos em tempos. Não trocávamos uma palavra. As crianças sofriam com essa situação. Meus pais ficavam bastante com elas, principalmente quando eu viajava a negócios. Elas não faziam mais perguntas. Estavam tristes. Mehdi tentava tranquilizar Yasmine.

Um dia, ao retornar de uma viagem ao exterior, percebi que o apartamento perto da piscina havia sido esvaziado. Aparentemente, Nabile tinha se mudado. Algo devia ter mudado em sua vida. Eu soube depois, perguntando a Hakim, que ele estava morando com sua assistente, a bela viúva. Ele estava apaixonado? Ninguém sabia. Isso mexeu comigo. No fundo, eu ainda o amava, ainda que me esforçasse para aceitar o que tinha acontecido.

Minha história com Daniel, seguida do divórcio, correu por toda Casablanca. As línguas se soltaram. O ciúme rivalizava com o ódio que minha carreira de sucesso despertava. É preciso dizer que, aqui, em qualquer área, as pessoas não gostam daqueles que se destacam, daqueles que realizam seus sonhos. Por um lado, eles são admirados, por outro, são odiados: essa ambivalência está por toda parte. Quando se tem sucesso, especialmente no exterior, primeiro despertamos fascínio, depois somos invejados. Isso vem de um sentimento de frustração disseminado em uma sociedade onde as oportunidades não são iguais para todos. O sucesso de uns é muitas vezes visto como o fracasso dos outros. Ficam de olho em você, com metralhadoras em punho, como em um filme de terror. Por que ela ou ele, e não eu? Meu pai me abriu os olhos para essa realidade. Ele me advertiu, quando comecei a construção da fábrica de medicamentos. Ele não parava de me aconselhar a ser discreta: "As pessoas são invejosas, sabe, elas não são más, mas são infelizes". Minha mãe evocava o mau-olhado. Quando eu protestava, ela citava um ditado do profeta Maomé que reconhece a existência do mau-olhado, capaz de semear a desgraça. Eu só acreditava nele pela metade.

O adultério revelado é o pior que pode acontecer. Todas as famílias se apoderam dele, o aumentam, inventam detalhes incríveis, com proporções enormes. Meu caso circulou pelas casas de Casablanca e chegou até mim tão distorcido que eu não me reconhecia mais nele. A família de meus sogros espalhou tudo: ela esteve na origem das difamações, dos julgamentos precipitados e maliciosos. Minhas amigas me relatavam fatos e falatórios cada vez mais delirantes. E todas acrescentavam seus comentários: "Viu só, não há nada melhor que a clandestinidade, você faz o que quiser em segredo e ninguém fica sabendo. Somos obrigadas a nos comportar como crianças que se escondem para brincar. Todos somos hipócritas e mentirosos. Nossos maridos nos traem. Nós sabemos, porque esse tipo de coisa se sabe, se sente. Ou não dizemos nada e fazemos o mesmo, ou fazemos um escândalo que leva ao divórcio, onde se perde muito. Você se revelou, não tomou todas as precauções e agora está pagando caro por isso".

Elas estão certas, mas, ao mesmo tempo, até quando viveremos nessa mentira social? Existem pessoas que viajam para o exterior na véspera do mês de Ramadã para não jejuar. Outras se trancam em seus quartos para comer, longe dos olhos das empregadas. As aparências são mantidas. Os vizinhos não têm nada para comentar. O mesmo acontece com homens e mulheres homossexuais. A homossexualidade é proibida por lei, assim como as relações sexuais fora do casamento. Ela é até punida pela lei! Você pensa que o Marrocos é o único país do mundo onde a homossexualidade não existe? Que aberração! Minha amiga Kenza vive sua vida, mas seus pais ainda esperam que ela se case. Ela resiste, sempre encontra desculpas para não ceder à pressão familiar. Ela me diz: "Minha mãe tem problemas cardíacos, meu pai é diabético. Anunciar a eles que eu gosto de mulheres causaria um choque que poderia ser fatal. Então finjo, escondo minha verdadeira natureza. Para os homens, é um pouco diferente: alguns se casam, têm um ou dois filhos, e levam uma vida dupla que não incomoda ninguém. Porque são homens...".

Outro dia, eu estava prestes a estacionar perto da farmácia, quando um 4x4 poluente, dirigido por uma mulher com véu e óculos escuros, deu marcha a ré e bateu no meu para-choque. Em vez de se desculpar, ela gritou:

– O lugar é meu, eu o vi primeiro!

– De jeito nenhum, senhora.

– O lugar é meu mesmo que você o tenha visto antes de mim, porque uma mulher adúltera como você não tem nenhum direito em nosso país!

As insinuações da mulher, provavelmente islamista, me trouxeram de volta à dura realidade de uma sociedade em que a mulher é constantemente observada e julgada. Não respondi. Saí do carro mal estacionado e fui em direção à farmácia. Lá, a mulher jogou um balde de água suja em mim. Ninguém interveio, fiquei suja da cabeça aos pés. Só me restava voltar para casa e tomar um banho. Não contei a ninguém sobre essa agressão. Senti vergonha. Vergonha de meu país, onde essa violência é tolerada. Ninguém veio me ajudar! Como essa mulher sabia sobre minha vida privada? Essa é a questão. A mulher não é livre, ou melhor, é livre desde que não saia de seu papel de mãe e esposa irrepreensível. Mas que valor tem essa liberdade, cercada de preconceitos e hipocrisia?

V

NABILE

1

Oito meses depois

Estou vivendo à base de antidepressivos. Meu amigo, o dr. Farès, excelente psiquiatra, me apoiou e ajudou durante o difícil momento que atravessei e que continua doloroso. É impossível dormir sem soníferos. Ao acordar, tomo estimulantes, vitaminas, enfim, um monte de comprimidos para me manter de pé e continuar exercendo minha profissão corretamente.

Saïda, minha assistente, tem sido um grande conforto. No início, ao me ver em tal estado de depressão, ela sugeriu que eu tirasse alguns dias de folga e que alguém me substituísse até que eu me recuperasse. Recusei. O trabalho é uma boa terapia para mim. Amo minha profissão, amo cuidar das crianças e tratá-las, amo tranquilizar os pais. Isso me faz esquecer meus problemas. Passo a maior parte do tempo trabalhando, pois assim que paro os fantasmas da traição me assombram. Recentemente, até me ofereci para trabalhar no hospital público aos sábados e domingos. Preciso estar constantemente ocupado para não pensar no que me machuca. À noite estou cansado, claro, mas prefiro isso do que a ociosidade, que me mergulharia nas trevas. O trabalho não apenas me ajuda a não pensar no que aconteceu comigo, mas também me torna útil e dá sentido à minha vida.

Conheço homens que, na mesma situação que eu, teriam reagido com violência. Eu não. Detesto a violência. Minha educação e minha ética me impedem de descontar minha raiva em alguém. Não sou desse tipo. Quando vejo meus filhos, tento tranquilizá-los o máximo que posso. Pego a pequena Najat em meus braços, e isso tem um efeito extraordinário em meu ânimo: o sorriso dela me acalma e me faz esquecer todo o resto. Mehdi e Yasmine brigam para pegá-la no colo também. Bendigo os céus por tê-la em nossa família.

Uma das tias de Lamia, conhecida por ser desagradável e arrogante, porque rica, trouxe um de seus filhos para consultar comigo. Após as saudações de praxe, ela perguntou:

– E a adotada, como está?

– De quem está falando?

– Ora, da filha do pecado, da criança abandonada que vocês salvaram.

– Ah... Najat está muito bem, ela é nossa filha, foi registrada por nós e a amamos mais do que tudo.

Eu deveria ter sugerido que visitasse um dos orfanatos da cidade para ver as crianças abandonadas que nos estendem os braços sorrindo, em vez de demonstrar tanto desprezo. Essa visita me desconcertou. Examinei rapidamente seu filho e disse: "Ele não tem nada". Ela saiu batendo a porta.

Chocada, minha assistente Saïda não fez nenhum comentário, apenas uma careta. Ela logo ficou sabendo de meu drama. O *hammam* é um lugar de fofocas, especialmente as falsas ou exageradas. Ela não comentou nada comigo, por pudor e respeito. Quando a informei sobre a minha situação, ela não disse nada. Apreciei seu silêncio.

Uma noite, convidei-a para jantar. Eu estava cansado de comer sopa sozinho em minha cabana perto da piscina. Fomos a um pequeno restaurante italiano, pouco frequentado pela alta sociedade casablanquense. Nos sentimos bem. Ela me olhou com tanta ternura que meus olhos se encheram de lágrimas. Sei que não somos do mesmo meio social. Os pais dela são pessoas modestas. O pai é sapateiro e a mãe trabalha em casa, é costureira.

Eu podia ver claramente a parede de protestos que meus pais ergueriam, pois eles esperavam o retorno de Lamia e o meu perdão. Para eles, seria melhor que voltássemos a ficar juntos. Eles queriam manter as aparências. Se distanciar da vergonha causada pelo drama. Eu imaginava minha mãe me dizendo: "Mas meu filho, você subestima o peso do meio de onde essa pessoa vem. Não tenho nada contra ela, mas um médico não casa com a enfermeira, é como se um piloto casasse com a comissária de bordo. Isso não é possível! As pessoas vão falar ainda mais! E afinal não faltam meninas de boa família. Saiba que sua prima Naima ainda espera por você, assim como a linda Fouzia, que acaba de terminar a faculdade de medicina e está procurando marido...". Eu responderia: "O tio Habib, piloto da Ram, não está feliz com Samia, comissária de bordo e mãe realizada de três filhos?".

Meu pai não me diria nada, mas pensaria o mesmo. De todo modo, eu não precisava da aprovação deles. Se Saïda estivesse disposta a viver comigo, sem que precisássemos nos casar, eu não hesitaria. Eu a conhecia, sabia de sua modéstia e de sua gentileza. Ela não era possessiva. A morte do marido lhe trouxera muita sabedoria. Ela não era uma religiosa praticante, mas lia livros de espiritualidade. Ela era calma, doce. Só precisávamos que nosso trabalho não fosse afetado pelo concubinato.

Quando perguntei se ela gostaria de viver comigo, ela chorou. Fiquei muito comovido. Ela mencionou os problemas que isso poderia causar. "Vou proteger você", eu disse a ela. Porque a sociedade casablanquense é violenta, brutal até. Ela esmaga o pobre e enriquece o rico. Precisaríamos ser indiferentes aos mexericos. Para mim, isso representava uma nova vida, em um novo cenário, com novas perspectivas.

Decidi não falar sobre isso com ninguém, exceto com Hakim, que aprovou:

– Você está certo, precisa de uma mulher gentil, não de uma conquistadora incendiária. Você é um homem bom, às vezes ingenuamente bom, então é melhor ter alguém de origem modesta, que o amará de forma simples. Um amor singelo e serenamente compartilhado é o melhor para você. Ela o ajudará a esquecer a outra.

Quanto à outra, nunca esquecerei o momento em que me lembrou que eu estava na casa dela, e não na nossa. É verdade, o pai dela havia dado o terreno para ela, mas eu havia contribuído para a construção da casa – é verdade que não tanto quanto ela, mas nunca pensei que faria cálculos mesquinhos para me expulsar. Eu tinha me tornado o senhor quinze por cento!

Quando tudo vai bem, não pensamos nessas coisas. Nunca imaginei que um dia seria reduzido a ocupar quinze por cento da casa que construímos juntos. Lembro-me da nossa alegria quando a obra estava em andamento; estávamos tão felizes em poder oferecer um lar confortável a nossos filhos. Dinheiro não era uma questão para mim. Todo final de semana, eu transferia uma quantia considerável para a conta conjunta. Mas, é claro, eu era menos rico do que ela, eu era um simples médico que trabalhava pelo menos dez horas por dia.

Hoje, estou me libertando desse passado, embora, de tempos em tempos, ainda sinta uma agulha atravessando meu peito. Apesar de tudo o que aconteceu, ainda amo Lamia e tenho medo de amá-la por muito tempo. É difícil esquecer o primeiro amor. Não me atrevo a admitir isso diante de meus pais ou amigos, eles me diriam: "Como ainda pode amá-la depois de uma traição dessas? Vamos, se recomponha, esqueça essa mulher, ela não é digna de você".

Passei em casa enquanto as crianças estavam na escola. Reuni meus livros e meus discos, peguei minhas coisas. Lamia trocou a combinação do cofre onde eu havia guardado um relógio Rolex, minha coleção de canetas Montblanc e um pouco de dinheiro em dólares. Vou precisar falar com ela – farei isso por telefone.

Com Saïda, aluguei um apartamento em um prédio novo no Boulevard Bir Anzarane. Nós o mobiliamos com sobriedade. É uma nova vida, sem pretensão. A princípio, Lamia terá que me pagar uma pensão compensatória... Uma coisa nunca vista no Marrocos. Ela ainda não o fez, mas não vou processá-la por isso. Conhecendo-a bem, ela ficará feliz de me humilhar ao me pagar essa quantia, talvez até peça a seu pai para me chamar e me entregar um cheque como se eu fosse um necessitado que ele estaria ajudando em nome de sua fé. Ela seria capaz de acrescentar: "Veja, sou leal".

No começo, Saïda e eu não fazíamos amor. Os remédios que eu estava tomando deixavam minha libido baixa. Mas nos sentíamos bem. Entre nós, não houve amor à primeira vista, paixão. Temos um relacionamento agradável que se constrói aos poucos, sem pressão. Uma felicidade singela e sem alarde. Com muito carinho e delicadeza. Na cama, ela me massageia e acaricia até eu adormecer. Isso é completamente novo para mim. Uma noite, contei a ela que fui às minhas consultas a pé porque o carro estava na oficina, então ela me disse para sentar na beira da cama, trouxe uma bacia com água quente, onde coloquei os pés, depois ela os massageou longamente com um óleo relaxante. Ela os enxugou, tirou minha roupa e me entregou meu pijama. Eu gostei desse momento, sem palavras, sem ruído. À noite, nos encontramos como dois feridos, duas almas que se aproximam uma da outra para tornar a vida mais doce.

Para nos conhecermos melhor, sugeri que viajássemos para a Espanha. Passamos dias tranquilos em Marbella. Passeamos; ela fez compras; comemos em restaurantes recomendados por amigos meus. Ela é realmente uma boa companhia. Mas preciso admitir, não estou apaixonado. Ela sabe, vivemos sem nos fazermos perguntas. Nosso relacionamento é baseado na sinceridade e na honestidade. Não lhe prometi nada de grandioso, mas disse a ela que comigo não haveria surpresas. Eu tentaria satisfazê-la e dar a ela toda a felicidade de que sou capaz. Por enquanto, ainda estou bastante machucado para ser perfeitamente constante.

No trabalho, ela se mostra cada vez mais atenciosa e participativa nas consultas. Ela é uma boa profissional. Recentemente, até aumentei seu salário. Ela também tem instinto materno; está se aproximando dos quarenta anos e temo o momento em que me pedirá para ter um filho. Isso complicaria as coisas. Meus filhos talvez ainda não estejam prontos para ver o pai voltando a casar e sendo pai novamente. Tento não me preocupar demais e espero para ver como nosso relacionamento evoluirá.

Outro dia, Najat teve febre. Lamia me ligou em pânico. Ela veio ao consultório, com a pequena nos braços, e, sem se importar com os pacientes esperando, empurrou a porta chorando:

– Não sei o que ela tem, ela não come e está sofrendo...

Eu disse a ela para se acalmar.

A menina não havia recebido a segunda dose da vacina contra sarampo-caxumba-rubéola. Ela tinha acabado de completar dois anos. Ainda havia tempo de vaciná-la. Enquanto isso, prescrevi um tratamento; a vacina seria aplicada quando a febre baixasse.

Lamia ficou aliviada. Ela me deu um beijo antes de sair.

2

Nossos antigos amigos se dividiram em dois grupos: os a favor e os contra. Não procurei reter aqueles e especialmente aquelas que se afastaram de mim, me contentei em agradecer aos outros, sem no entanto voltar a frequentá-los em festas, eventos ou viagens.

Saïda é uma mulher do povo. Ela poderia ter se tornado médica se seus pais não tivessem precisado dela para ajudar nas despesas. Ela era filha única, eles contavam com ela. Depois de se formar como enfermeira, ela se casara com Mustafa, um colega de turma que bebia demais. Razão pela qual ele sofreu um acidente de carro entre Rabat e Casablanca. Ele estava embriagado, dirigia rápido demais na antiga estrada nacional, ultrapassara um caminhão em uma curva e perdera o controle do veículo. Morte instantânea. Ele tinha apenas trinta anos.

Ela o amava? Saïda falava dele com certo distanciamento. Ela sabia que o abuso de bebida acabaria por causar uma tragédia em algum momento. Ela me confessou um dia: "Foi por isso que segui tomando a pílula. Eu não queria ter filhos com um alcoólatra. No início, ele me escondeu esse vício. Como a maioria dos homens marroquinos, ele gostava de beber com os amigos antes de voltar para casa. Só que ele começava de manhã cedo. Para um enfermeiro, não dava certo. Ele foi advertido, depois demitido e, depois disso, só bebia. Nosso casamento foi um fracasso. Quando ele estava sóbrio, era gentil, atencioso, me dava flores, fazia declarações de amor. Mas em seguida o vício voltava com força. O carro em que ele morreu nem era nosso: ele o tinha pegado emprestado de um primo. O seguro não cobriu nada. Fui eu que, aos poucos, tive que pagar o dono daquele carro maldito".

Então, após um longo silêncio: "No Marrocos, especialmente com esse governo islamista, fingimos que o alcoolismo não existe. Todo mundo fecha os olhos e as pessoas bebem sem moderação, vinho barato, cerveja, qualquer coisa que provoque embriaguez. Algumas associações pediram a implementação de bafômetros nas estradas, mas não, somos muçulmanos, não bebemos álcool! Que hipocrisia! Mustafa foi vítima de seu meio social e familiar. Ele frequentava um grupo de desempregados que viviam do dinheiro de seus pais ou esposas. Eles gastavam esse dinheiro em bares medíocres perto do porto.

"O Marrocos é o país com mais acidentes de trânsito. A França conseguiu reduzir o número de mortos nas estradas, enquanto nós o dobramos.

"Em meus três anos de casamento, tive momentos de alegria e outros de angústia, principalmente à noite, quando ele chegava tarde. Eu recebia um homem sem dignidade, um trapo. No dia seguinte, ele não se lembrava de nada. No entanto, ele nunca levantou a mão para mim. Sem o álcool, teria sido um bom sujeito. Mas é assim. Como minha mãe diz: 'Foi o que sua pá recolheu!'.

"Como você pôde constatar, nunca bebi nem uma gota de álcool. Meu único vício é o trabalho bem feito. Cuido dos meus pais, que sofrem com o que chamo de doenças marroquinas: diabetes, hipertensão, colesterol etc. Eles não contam com a seguridade social. A seguridade sou eu. Vendi a maioria de minhas joias para não me endividar com farmácias e médicos."

Foi a primeira vez que ela se abriu assim comigo. Fiquei comovido. Peguei suas mãos e as beijei. Ela se desfez em lágrimas.

Eu me organizei financeiramente para não depender de mais ninguém. Deposito metade dos meus ganhos em uma conta separada, em caso de imprevisto. Quero mimar Saïda, ela merece. Ela me ajuda a sair da depressão. Reduzi a quantidade de remédios que tomo diariamente. Parei de fumar de novo. Saïda corre comigo de manhã, dia sim dia não. Me matriculei em uma academia. Vou duas vezes por semana. Consegui perder alguns quilos. Minha qualidade de vida melhorou. Saïda me incentiva a prestar atenção no que como, especialmente quando saio com as crianças. Nada de fast-food, elas ficam desapontadas. Explico a elas, toda vez, a importância de comer de forma saudável.

A mãe delas as mima. Ela continua sem tempo para se dedicar a elas. Seus negócios e suas viagens têm prioridade sobre a vida familiar. De todo modo, não há mais vida familiar. As crianças passam a maior parte do tempo com os avós. Penso cada vez menos em Lamia. Sinto que estou me libertando dessa ligação. Isso leva tempo. Confesso que às vezes volto a pensar nela com emoção, memórias surgem sem motivo, perfumes, imagens, músicas. Ainda bem que Saïda está aqui.

3

Faz seis meses que Saïda e eu estamos juntos. Minha libido renasce. Ela a reavivou. Fizemos amor pela primeira vez. Ela tomou todas as iniciativas. Seu desejo é poderoso, o meu é menor. Ela me cavalgou e conduziu as operações com delicadeza. Gozei pela primeira vez em muito tempo. Ela também. Ficamos abraçados a noite toda. Poucas palavras. Silêncio e carinho. Não tive isso com minha esposa. Quando fazíamos amor, parecia que toda a família dela estava presente. Eu ouvia os comentários, os gritos, as conversas de seus pais, mesmo quando estávamos sozinhos. Com Saïda, só ouço as batidas de seu coração.

Por que não me casar com ela?

Solicitei um conselho de família reduzido a meus pais, que sofreram muito com tudo o que havia acontecido. Como sempre, meu pai disse as palavras mais sábias:

– O importante são seus sentimentos; sem amor, não há casamento. Se vocês se amam sinceramente, então não hesitem, casem-se, tenham filhos, se libertem dessa burguesia tóxica onde tudo está baseado em aparências, dinheiro e competição para ver quem ganha mais.

Minha mãe suspirou:

– Eu gostava de Lamia. Mas ela foi desviada do caminho certo por um *djinn*. É uma moça de boa família, seus pais são ricos, sim, isso facilita a vida. Confesso que quando soube dessa história de traição, fiquei mais do que infeliz. Chorei. Seu pai me repreendeu. Eu estava apegada a essa família, de Fez como nós. Agora não nos vemos mais, e eu lamento. Você realmente quer tentar uma aventura com sua secretária?

– Não, mãe, minha assistente. Ela é uma excelente enfermeira. Uma mulher delicada, gentil, que me ajudou quando eu estava no fundo do poço.

– Bom, e você quer um grande casamento?

– De jeito nenhum! Um almoço com a família para que todos a conheçam, e só. Sem música, sem barulho, sem alarde.

– Se seu pai concordar, não tenho nada a acrescentar. Boa sorte, meu filho. Ainda bem que você veio pedir nossa opinião. Não é como aquela maluca da Faïza, que foi para Dakar se casar sem dizer a ninguém, com um senegalês, um negro, você imagina?

Meu pai a interrompeu:

– Sua sobrinha Faïza sofreu muito com o marido branco, marroquino, rico, que passava o tempo todo nos cassinos com prostitutas. Pelo menos Dialo é um professor de medicina que dirige um grande hospital em Dakar. Não importa a cor da pele. É incrível esse racismo contra os negros! Vocês se acham superiores só porque nasceram com pele branca? Que estupidez!

Minha mãe não gosta quando meu pai a repreende em público. Ela teve pouca educação e passou a vida cuidando do marido, dos filhos e de toda a família. Seu racismo é comum, ela não é a única que não gosta de pessoas de cor. Meu pai é uma exceção. Ele se lembra de ter visto o tio paterno maltratando duas concubinas negras trazidas da Guiné ou do Mali.

Quando criança, ele ficou chocado ao ver que os filhos dessas duas mulheres não tinham permissão para comer à mesma mesa que eles nem brincar com eles. Eles eram seus primos-irmãos, mas eram negros. Esse episódio de sua infância o marcou; ele nos falava bastante sobre ele.

Convidei Saïda para almoçar na casa de meus pais na sexta-feira seguinte. Meu pai gostou muito dela. Ela falava pouco e em voz baixa. Minha mãe a olhava de lado, como se a julgasse, mas não disse nada. Bom sinal. À noite, Saïda me disse: "Na semana que vem, é sua vez de ir à casa dos meus pais!".

Os pais dela moram em um pequeno apartamento modesto no bairro de Maarif. Eles me receberam muito bem. É incrível como a comida é importante nas relações familiares. Eles nos serviram nada menos que uma dezena de pratos tradicionais que me lembraram de minha infância, depois um tagine de ervilhas e alcachofras com uma paleta de cordeiro, e um cuscuz com uva-passa e cebola. Por fim, de sobremesa, deliciosos doces de mel. Nem Saïda nem sua mãe se sentaram conosco: apenas o pai, dois tios e um primo. Somente os homens. As mulheres ficaram na cozinha e comeram depois de nós.

Na hora do chá, o pai se inclinou em minha direção e sussurrou em meu ouvido:

– Você quer casar com nossa filha? Somos pobres, somos pessoas simples, você precisa saber disso. Não tiramos férias em Marbella ou Tânger. Não temos dinheiro para fazer a peregrinação a Meca, como nossos vizinhos. Eu não ligo muito para isso, mas minha esposa adoraria. Estou lhe dizendo isso para que as coisas fiquem claras.

Eu o tranquilizei. Mesmo que não seja verdade, disse que meus pais são pessoas modestas, pelo menos não tão ricos quanto os pais de minha ex-esposa. Saïda conhece perfeitamente o estado de minha fortuna: ela é quem deposita o dinheiro no banco todas as sextas-feiras.

Ele então me perguntou por que meus pais não vieram para esse almoço. Meu embaraço foi visível. Não respondi.

Levantamos as mãos unidas para o céu e recitamos orações.

Na minha saída, a mãe de Saïda se apresentou a mim. Ela disse apenas:

– Obrigada.

Fiquei comovido.

– Mas obrigado pelo quê? Eu que agradeço, senhora.

Minha situação econômica não é brilhante. Trabalho cada vez mais, faço horas extras em uma clínica que acabou de abrir ao lado de meu consultório, também faço muitas visitas domiciliares, que rendem um pouco mais do que as consultas no consultório. Preciso guardar dinheiro para o aluguel, os impostos, as contas, os imprevistos. Estou cuidando dos gastos. Ainda tenho o mesmo carro, o que faz meus filhos rirem, acostumados ao luxo de seus avós e de sua mãe. Tento ensinar a eles que é preciso trabalhar muito para viver adequadamente. Eles não entendem. São mimados! Sim, tenho filhos mimados. Eles têm o último modelo de iPhone e zombam de meu velho celular. Eu ainda o uso, sei que a obsolescência é programada. Falei a eles sobre a loucura do consumo desenfreado, mas eles não me ouviram.

Eles vão me ouvir quando eu anunciar que vou me casar novamente? Eles não estão preparados para isso, e não conto com a mãe deles para explicar as coisas. Ao mesmo tempo, não vou me esconder. Um dia, levei-os ao cinema para assistir a um filme francês que havia divórcio, novo casamento e família recomposta. Eles riram. Depois do filme, minha filha me disse:

– Você nos mostrou esse filme para perguntar o que acharíamos se você se casasse com outra mulher, é isso?

– Exatamente, minha filha.

– Se ela for legal, sem problema. De qualquer forma, não vamos morar com vocês.

Meu filho foi mais reticente:

– Sim, eu sei, você está saindo com sua secretária, ela é pobre, você é rico, não vai dar certo.

– Meu filho, não sou rico. Alugo um pequeno apartamento, trabalho o tempo todo para que não falte nada a vocês, assumo minhas responsabilidades de pai divorciado. Quanto a Saïda, ela foi de grande ajuda quando me vi expulso de casa, desesperado. Vocês vão ver, ela é ótima pessoa. A vida não se resume ao dinheiro!

– Não se exalte, papai.

Eu tinha me irritado tolamente. Era hora de dar a eles uma pequena lição sobre o consumo excessivo:

– Vamos tomar um sorvete e conversar como costumávamos fazer quando eu levava vocês para a escola de manhã. Vocês se lembram quando era minha vez de levar vocês para a escola? Eu aproveitava para explicar coisas sobre a vida cotidiana.

– Ah, sim, deon... deonlogia... É quando um jornalista sai de férias sem pagar a passagem de avião...

– Não, deontologia é quando você respeita as regras de sua profissão e não aceita ser comprado com um presente ou mesmo com dinheiro... Caso contrário, é a mesma coisa que corrupção.

– Sim, isso a gente sabe, mamãe fala disso o tempo todo, "propina" sempre aparece nas conversas dela – disse minha filha.

– Hoje, quero falar com vocês sobre dinheiro, sobre a relação de vocês com o dinheiro.

– Você já nos disse que dinheiro é papel! Eu não concordo.

– Seus avós mimam vocês, mas vocês precisam saber que o dinheiro não compra tudo. Além disso, parem de acumular roupas, sapatos de marca... Vistam-se corretamente, com elegância, sem serem escravos de marcas que só servem para impressionar na escola. Tudo isso são apenas aparências. Quando vocês forem grandes e tiverem feito bons estudos, poderão se permitir vestir roupas caras, especialmente quando procurarem emprego. Enfim, vocês me entenderam, não concordo com esse desperdício; além disso, pensem no planeta: quanto mais vocês consomem, mais as fábricas poluem.

Eles ficaram em silêncio por um momento, então Mehdi respondeu:

– Eu quero ser como você, me tornar médico. Quero cuidar dos animais.

– Esse é o veterinário. São estudos longos e difíceis. Eu o apoio cem por cento!

E minha filha:

– Eu vou ser cantora.

– Mas, minha querida, isso não é uma profissão, é um dom. Estude primeiro, e veremos se você tem esse dom.

Meus filhos precisavam de educação. Seus avós lhes davam tudo; com a mãe frequentemente ausente, estavam entregues a si mesmos. O divórcio também significa esse risco, ver seus filhos adquirirem maus hábitos, se tornarem preguiçosos, se desviarem do caminho. Eu precisava vê-los com mais frequência e me organizar para cuidar de sua educação. É nessa idade que tudo se decide.

4

Casablanca é uma cidade gigante, suja, bonita e feia, uma cidade dura onde os mais ricos convivem com os mais pobres. Ela emana uma energia especial. Impossível ficar de braços cruzados sem fazer nada, daí o comércio informal por toda parte. É uma cidade onde as frustrações são gritantes, onde os valores são esmagados pela arrogância do dinheiro, do arrivismo e da corrupção. Aqui, o dinheiro é para ser mostrado. Raros são os que fizeram fortuna e permanecem discretos. A globalização transformou parte da cidade em uma vitrine parisiense ou milanesa. Ao lado, infelizes reviram o lixo. Já houve reportagens sobre isso. Crianças de rua vagam à noite em bairros abandonados. Todo mundo sabe, mas quase ninguém diz nada. Associações lutam contra isso, lideradas por mulheres notáveis. Quantas crianças abandonadas desde o nascimento por causa da proibição do aborto, por causa da vergonha e do pecado punido pela religião, por causa da inconsciência e covardia dos homens. Quantas vezes as mulheres da associação me trouxeram um recém-nascido de poucos dias para que eu o salvasse. Seu destino? O orfanato na melhor das hipóteses ou a pseudoadoção, a *kafala*, que é rara. Com o tempo, me tornei o pediatra do orfanato de Derb Ghellef. Vou lá uma tarde por semana. Não é suficiente. Pedi a colegas que doassem um pouco de seu tempo para cuidar de crianças carentes de tudo; eles aceitaram da boca para fora, não fizeram nada. Não sou um herói, mas enquanto pai, não podia ignorar o pedido da associação. Saïda me acompanha todas as vezes, ela sai de lá chorando. Por mais que eu lhe diga para não se deixar dominar pelas emoções, ela chora. Uma vez falei disso com Lamia, ela assinou um cheque, um pequeno cheque para ficar com a consciência tranquila, e acrescentou, inspirando-se em uma famosa frase de um político francês: "Você não pode curar toda a miséria do mundo... Pense em seus filhos, eles também precisam de você". Ela esqueceu, como a maioria das pessoas, de citar a frase completa: "...mas pode fazer sua parte para aliviar essa miséria".

Conheço bem os bairros populares de Casablanca, porque às vezes visito crianças doentes fora do orfanato. Saïda, que também os conhece bem, me disse um dia:

– O governo deveria taxar as clínicas privadas que ganham muito dinheiro, e esse imposto iria diretamente às associações que ajudam as crianças abandonadas. Quando penso que esses ministros se dizem muçulmanos!

Tivemos uma longa discussão sobre a situação política do país. De um lado, há avanços, do outro, retrocessos. O islã deveria permanecer nas mesquitas e nos corações. Não se envolver em política. Foi durante essa discussão que descobri que Saïda não era religiosa. Ela estava decepcionada com a política, e até mesmo com a religião, sequestrada por terroristas ou políticos egoístas.

– Faz muito tempo que perdi a fé. Mas não tenho o direito de dizer isso! Estamos em um país onde ninguém tem o direito de ser ateu, é um absurdo. Eu faço de conta e abaixo os olhos. Por que o fato de acreditar ou não acreditar diria respeito aos outros? Quando não temos essa liberdade, nos tornamos reféns da religião e daqueles que a utilizam.

Um dia nos trouxeram uma criança espancada e sua mãe, que também havia sido agredida. A criança e a mãe estavam chorando. Um marido canalha as havia massacrado. A criança não era dele. Saïda e eu as socorremos, mas a mulher precisava prestar queixa. Ela tinha medo, um medo terrível. Saïda tentou convencê-la de que, se ela fosse à polícia, o marido seria intimado: era ele quem deveria ter medo. No fim, a mulher foi embora com seus ferimentos tratados, e a criança traumatizada pela violência do padrasto. Três dias depois, ela voltou em um estado ainda pior. Cuidei dela enquanto Saïda ligava para a presidente de uma associação conhecida por defender mulheres vítimas de agressão. A associação prestou queixa à polícia, em nome dessa pobre mulher que só sabia chorar.

Mais tarde, fiquei sabendo que o marido tinha sido intimado por um juiz e indiciado por violência contra uma mulher indefesa. A advogada da associação foi incrível. O marido foi condenado em caráter de urgência a um ano de prisão, com proibição de se aproximar da mulher, de quem ele deveria se divorciar, pagando-lhe uma pensão substancial. Sem Saïda, essa jovem mulher, como milhares de outras, teria continuado a sofrer com um lixo de marido alcoólatra e violento.

Pedi a Saïda que me acompanhasse à Palestina para minha condecoração com a medalha de Solidariedade. Ela preferiu ficar no consultório e trabalhar com meu substituto.

– Eu cuido do consultório! Vá, Nabile, e cuide-se.

A viagem foi tão longa quanto da primeira vez. As coisas haviam mudado, para pior. O embargo à população de Gaza estava cada vez mais sufocante. Os remédios chegavam em conta-gotas. Levei duas caixas comigo. Lamia, sabendo que eu estava indo para Gaza, mandou entregá-las no consultório com um bilhete: "Boa viagem e tome muito cuidado".

Na ida e na volta, eu só pensava nela. No entanto, a vida com Saïda é tranquila e me convém totalmente. Mas aquele bilhetinho me tocou. Senti vontade de ligar para ela, agradecer, saber como ela estava. Má ideia. Não se deve remexer o passado. O divórcio foi finalizado há mais de um ano. Estamos separados oficialmente e religiosamente. Não há como voltar atrás. E nunca faria algo assim com a graciosa Saïda.

De volta a Casablanca, encontrei Saïda na saída do aeroporto. Ela estava me esperando. "Estava tão ansiosa para ver você!" No caminho, ela disse algumas palavras em voz baixa, eu pedi para ela repetir: "Está na hora de nos casarmos".

– O almoço com os pais foi o primeiro contato – ela acrescentou. – Agora precisamos regularizar nossa situação.

– Claro. Você me diz o que prefere. Vamos reunir os dois lados para um almoço e os *adouls* poderão inscrever nosso casamento em seus registros.

Teríamos que negociar de ambos os lados uma cerimônia modesta, que não custasse muito e não despertasse a animosidade de todos os membros da família, que, de todo modo, veriam esse casamento com maus olhos.

A cerimônia religiosa ocorreu em grande silêncio. Ela disse sim, eu também. Assinamos os papéis, os *adouls* tinham nossas carteiras de identidade nas mãos.

À noite, estávamos cansados. Adormecemos abraçados. Felizes.

No dia seguinte, recebi uma ligação de Lamia no consultório. Ela queria me desejar tudo de bom no novo casamento. Fui ríspido, aleguei ter uma consulta. Ouvi um pouco de amargura e ironia em sua voz, ela chamava minha esposa de "sua secretária". Encerrei a conversa. Está fora de cogitação que ela venha perturbar minha nova vida, ainda frágil.

5

Saïda quer seu lugar em minha vida. Ela avança com cautela, sabe que a sombra de outra mulher ainda paira sobre nós. Lamia se manifesta bastante, com ligações, presentes para o meu aniversário e, mais recentemente, com uma carta pedindo "uma segunda chance". Isso precisa parar. Tento esconder essas coisas sempre que posso, mas Saïda vê e ouve tudo. Uma preocupação se infiltrou em nosso lar.

Saïda está apreensiva, eu tento tranquilizá-la. Ela conhece minha fraqueza, tem razão de se preocupar. Não que eu tenha a intenção de ceder às solicitações de Lamia, mas ainda não estou completamente curado desse primeiro casamento. Eu deveria, como alguns amigos sugeriram, organizar uma festa para celebrar meu divórcio, deixar para trás esse período de minha vida e me abrir para uma nova etapa cheia de promessas. Mas não fiz isso.

Uma noite, Lamia me esperava ao volante de um pequeno carro estacionado na esquina da rua. Quando me viu, ela saiu e disse:

– Precisamos conversar.

– Não temos mais nada a dizer um ao outro. Você está me incomodando. Me deixe em paz, nos deixe em paz.

– Eu sei que ainda me ama, conheço você. Pare de fugir.

– Não e não! Vá embora, por favor. Não estrague minha noite.

– Ah, você continua o mesmo... Não é a coragem que o sufoca. Vá, vá se juntar à sua proletária!

Fiquei chateado. Saïda percebeu. O divórcio não tinha sido consumado, Lamia estava em negação. Conhecendo-a, ela não pararia com o assédio. Em uma de nossas antigas brigas, ela jurou me destruir. Agora, colocava esse plano em ação. Mas eu não deixaria isso acontecer.

Ao chegar em casa, liguei para o advogado que fizera nosso divórcio. Ele me tranquilizou, dizendo que ela estava agitada, mas não poderia fazer nada contra mim, pois o divórcio tinha sido finalizado e aceito por ambas as partes. O resto era ressentimento, que eu deveria tratar com desprezo. Desprezo! Vou ter que aprender a sentir desprezo por minha ex-mulher. Não é fácil, porque esqueci de confessar a meu advogado que, de vez em quando, ainda sinto um pouco de amor por ela... Um pouquinho... Bem pouquinho...

Será que Saïda vai conseguir me salvar desse amor ferido? Conto muito com ela. A verdade é que me sinto mal por usá-la para enterrar meu passado. Isso é indigno, mesmo que meu afeto por ela seja real. De um lado, há uma ferida não cicatrizada; do outro, a promessa de uma nova vida. Eu me pergunto como os outros conseguem lidar com isso. Me sinto culpado sempre que meus pensamentos se voltam para Lamia. Tenho pensado que os homens são mais complicados que as mulheres. Repito com frequência a famosa frase: "Os homens são covardes e as mulheres são cruéis". Mas Saïda não tem nenhuma disposição para a crueldade, nem mesmo diante de minhas pequenas covardias.

Fomos descansar em Tânger. Um amigo me conseguiu um bangalô no famoso hotel Le Mirage: um palácio com a vista mais bonita para o Atlântico, com uma praia de areia fina magnífica e deserta. Localizado ao lado das Cavernas de Hércules, o hotel foi construído por dois irmãos de origem muito modesta. Quando você entra lá, se sente realmente em outro lugar, como que por magia, é uma espécie de paraíso na terra, perturbado apenas pelo vento leste. O Le Mirage tem uma história bastante extraordinária. De uma pizzaria construída por um pedreiro que havia lido as plantas ao contrário – motivo pelo qual o prédio virava as costas para o mar –, os dois irmãos fizeram um hotel familiar, depois um lugar para os grandes desse mundo. Às vezes, o rei Mohammed VI passa o verão lá, o que atesta o luxo do lugar. Os clientes são indicados por outros clientes, o serviço é impecável. Não há nada melhor para descansar e esquecer os aborrecimentos da vida cotidiana.

Fomos recebidos como se fôssemos amigos do proprietário, Ahmed. Um homem jovial, simpático, que nos acolheu calorosamente:

– Vocês são amigos de Taher, ele é um irmão para mim: quando ele me recomenda alguém, eu cuido muito bem dessa pessoa. Sintam-se em casa. Fiz um upgrade para vocês, serão instalados na suíte Jean-Louis Scherrer, que tem vista para o mar. Como são recém-casados, coloquei uma garrafa de champanhe para gelar. Nós a beberemos juntos esta noite, não é mesmo, doutor?

Raras vezes conheci alguém tão espontâneo, animado e amigável. Um homem encantador. Ele deu ordens para que não nos faltasse nada, e nos enviou uma cesta de frutas e doces marroquinos.

A praia era imensa, o mar sublime. Um rapaz nos alertou sobre seus perigos. Descemos para caminhar na areia; na volta, nadamos perto da margem. Fazia muito tempo que eu não experimentava tamanha sensação de plenitude e liberdade. Saïda brincava com as ondas como uma criança. Ao subir, encontramos Ahmed com uma garrafa de champanhe na mão:

– Venham, amigos, vamos brindar!

Só que ele não bebia.

– Não é pela religião, mas por causa de meu coração, tenho problemas cardíacos, aliás em breve vou para Amsterdã ver meu médico. Ele me aconselhou a fazer outra cirurgia. Tenho um pouco de medo. É uma arritmia. Estou me cuidando...

Sugeri marcar uma consulta com o melhor cardiologista de Casablanca, mas ele recusou categoricamente:

– Jamais! Não confio. Aqui, as clínicas são fábricas de dinheiro. Só confio no meu cardiologista, que aliás não é holandês, mas de origem palestina, estudou na Universidade de Tel Aviv. Um sujeito formidável. Ele é professor e, de vez em quando, cuida dos amigos.

Seu telefone tocava regularmente, ele atendia e depois retomava a conversa.

– É da cozinha, pedi que preparassem algo especial para vocês. Vocês vão jantar no terraço. Reservei a mesa do canto, de frente para o mar, que é a melhor, evidentemente.

Ele nos falou por um bom tempo sobre o estilista Jean-Louis Scherrer, que aparentemente havia sido um de seus grandes amigos:

– Ah, Jean-Louis era um homem maravilhoso, elegante, um amigo leal, ele vinha todos os verões passar um mês ou mais. Ele não dormia aqui, tinha sua casa na medina, mas gostava de passar o dia aqui com seu grupo. Ele nunca se deslocava com menos de uma dezena de amigos! Sempre tinha a seu lado uma mulher que cuidava dele. Como chorei sua morte. Sentimos muita falta dele. Ele era feliz nesta suíte, que ocupava durante o dia. Ele organizava almoços em torno de uma grande mesa que era montada aqui, neste terraço. Ele fumava mentolados e não bebia uma gota de álcool. Como eu. Nada de cigarro, nada de álcool! Em contrapartida, adoro comer pratos simples, feijão-branco com tomate, lentilhas, pratos populares, porque sou, como se diz, um ex-pobre, mas não um novo rico. Não esqueço de onde venho. Fui garçom em Arzila, minha cidade natal. Graças a um cliente, um ministro, consegui um passaporte e fui trabalhar na Holanda. Na época, não precisávamos de visto, o passaporte marroquino era respeitado. Depois, trabalhei duro. Meu irmão se juntou a mim, e pronto... Bem, vou deixá-los, se precisarem de algo, estou às ordens: aqui está meu número.

Eu e Saïda ficamos encantados com esse homem tão generoso. Não sabíamos como agradecer. Fomos embora no domingo à tarde sem conseguirmos nos despedir dele, pois ele estava dormindo. Ele nos deixara uma fatura simbólica. Ficamos constrangidos. Jurei para mim mesmo que telefonaria para agradecer de viva voz.

O retorno ao barulhento apartamento de Bir Anzarane contrastou com a calma do fim de semana. Voltamos ao trabalho com renovada energia.

VI

LAMIA

1

Um ano depois

O jardim ao redor da casa mal consegue respirar. As árvores, as flores, toda a vegetação foi contaminada por minha tristeza. Nunca pensei que um dia chegaria a esse nível de sofrimento. Por um lado, fui abandonada por um amante passageiro e, por outro, separada de um marido que ainda amo, ao menos é o que acredito. Não suporto a derrota. Não desisto tão facilmente. Meu marido me pertence, ainda que ele se afaste cada vez mais. No Marrocos, dizemos "*Rajli*", "meu homem", para dizer "marido". Ele continua sendo meu, mesmo que se recuse a reconhecer isso.

Todas as portas se fecharam para minha tristeza. Apenas meu trabalho consegue me distrair. Viajo com frequência, vejo pessoas, longe de Casablanca, longe do Marrocos. Comprei um cachorro e dois gatos. Meus filhos os adoram. Minha vida se reduziu: minhas amigas me ligam menos do que antes. Esse ano, todas esqueceram meu aniversário. É curioso. Elas admiram as mulheres bem-sucedidas, bem estabelecidas, bem enraizadas nas tradições e na hipocrisia que as acompanham. Quanto a meus pais, eles não param de me criticar.

– No Marrocos, uma mulher que tem sucesso, que ganha mais dinheiro que o marido e que tem projetos ambiciosos, está condenada, de uma forma ou de outra, a ser excluída! Você foi rápida demais e longe demais. O fato de ter caído no pecado não ajudou em nada. Coisas desse tipo não acontecem em nossa família. Quando nos casamos, é para a vida toda. É impensável se deixar seduzir por um homem passageiro. No entanto, nós a educamos bem...

Assim fala minha mãe. Envergonhada diante de suas amigas, ela sai menos de casa e amaldiçoa o dia em que pequei. Como explicar a essa geração de mulheres submissas e fatalistas que o amor pode surgir sem que o procuremos e que a paixão nos torna mais vivos? Minha mãe está convencida de que a paixão só existe em filmes e séries de televisão. Quanto ao amor que a une a meu pai, ele tem algo de sagrado, intocável, que não se expressa em palavras ou abraços em público. Nunca os vi esboçarem um gesto de grande carinho um pelo outro. Mas sei que eles se amam, à sua maneira. Talvez meu pai tenha tido aventuras quando viajava – vi uma vez uma foto dele nos braços de uma jovem mulher. A foto era usada como marcador de página em um grande livro de história, que meu pai provavelmente achava que minha mãe nunca iria consultar.

Minha família não me ajuda em nada. Minha amiga Kenza continua ocupada com a namorada, vejo-a com menos frequência. Penso em meu ex-marido, tenho ciúme de sua nova vida. Não suporto que ele dê a outra o que me cabia por direito. Tenho ciúme de tudo, do tempo que ele dedica à nova esposa, das viagens que eles fazem juntos, dos filmes que assistem juntos. Isso me deixa doente e não aguento mais.

Quanto a Daniel, acabei por odiá-lo; ele é um canalha, um oportunista que me abandonou sem o menor escrúpulo. Um especialista na sedução, que pula de mulher em mulher sem pensar duas vezes. Uma vez, quando fui para Barcelona, ele me estendeu uma nota de quinhentos euros e me pediu para comprar três frascos de um perfume da moda. Ele tentou me fazer acreditar que queria dá-los de presente para suas três irmãs. Na verdade, mais tarde descobri em sua lavanderia vários presentes prontos para serem dados: ele ainda não sabia para quem, mas os mantinha na reserva. Reconheci os frascos que ele me fez comprar. Imagino que ele inventaria toda uma história em torno desses perfumes, dizendo que eram raros e encomendados de uma loja especial que só atendia pessoas do Palácio. Para mim, ele nunca deu nenhum presente. Simplesmente caí em sua armadilha.

Como recuperar Nabile? Essa é a pergunta que me atormenta. Falar com ele? Seduzi-lo novamente? Propor um acordo, como nas antigas famílias que praticavam a poligamia? Dividi-lo com sua secretária não me incomodaria tanto. Eu acabaria por recuperá-lo, porque conheço suas fraquezas.

Eu gostaria de ouvir alguma explicação de seu amigo Hakim. Ele provavelmente teve uma influência muito ruim sobre Nabile. Hakim estabeleceu o egoísmo como princípio de vida. Ele se aproveita da disponibilidade das mulheres que se deixam enganar por suas palavras sedutoras. Ele as seduz e as abandona sem o menor sentimento de culpa. Homens desse tipo abundam em Casablanca. Eles moram em belos apartamentos ou casas requintadas, dividindo seu tempo entre um trabalho com frequência muito lucrativo e festas.

Todos nós gostamos de festas. Em Casablanca, alguns vivem de festa em festa, sem nunca descansar ou se questionar. É a cidade ideal para esse tipo de atividade. Dinheiro e sexo. Algumas garotas pensam que são espertas o suficiente para conquistar os sedutores mais empedernidos, outras esperam encontrar um bom otário, um homem rico, mais velho e disposto a gastar tudo para ter uma mulher jovem. Conversamos bastante entre amigas sobre essas novas mulheres marroquinas, às vezes feridas em sua autoestima, que procuram cinicamente se aproveitar daquele que paga. Uma de minhas colegas de escola, após um casamento infeliz, foi morar em Londres e conheceu um bilionário chinês que casou com ela. Quando os vemos juntos, percebemos que foi um arranjo: ele tem no mínimo setenta anos, é baixo e feio, ela tem apenas 35 anos e é uma pessoa exuberante, feliz de gastar o dinheiro do marido. Há também o caso de Hanane, que foi embora com um cigano por quem se apaixonou. Ele ganhava muito dinheiro com drogas e prostituição. Ela sabia sem saber. Ele lhe prometia uma vida maravilhosa, ela acreditava. No dia em que ele a espancou até desfigurá-la porque ela se recusou a se prostituir, ela se jogou debaixo de um caminhão.

Conheci até mesmo duas amigas que dividiam o mesmo homem: ambas casadas com esse homem, que elas amavam. No fim, a mais esperta conseguiu ficar com ele só para si. Essa história causou sensação em Tetuão alguns anos atrás. É preciso ser muito forte para arrancar um homem de uma poligamia que lhe é vantajosa.

Nabile não atende mais a minhas ligações. Há dor demais entre nós. O divórcio, por causa dos advogados, foi terrível. Eu não queria ter chegado a esse extremo, só queria me separar do homem que traí e tornei infeliz. Pensei que Daniel voltaria e se casaria comigo. Tínhamos planos. Ele era carinhoso e atencioso. Mas estava fingindo. Ele simulava alegria e felicidade, somente o sexo o interessava. Nesse aspecto, admito ter sido plenamente satisfeita. Nabile tinha razão em falar dele como um "especialista em sexo".

Agora estou rica e infeliz, é o cúmulo. Recentemente, meu primo-irmão Ali, notário, me propôs casamento: "Estamos ambos na mesma situação, divorciados e sozinhos.

Poderíamos nos unir com um bom espírito de tolerância. Aprendemos com o casamento uma série de coisas, tentaremos não repetir os mesmos erros. O que você acha?". O problema com Ali é que ele é quase da geração de meu pai. Tem quase sessenta anos. Vinte e cinco anos de diferença é muita coisa. Eu esperava encontrar alguém de minha faixa etária, mas os jovens acham que uma divorciada é sempre uma velha, mesmo que tenha apenas 34 anos.

Pesei os prós e os contras, percebi que minha solidão me machucava. À noite, quando me vejo sozinha na minha cama grande, tenho pensamentos sombrios. Preciso da presença e do calor de um homem. Meu corpo e minha alma pedem isso. Eu, que nunca tive insônia, agora tenho dificuldade para dormir. Por mais que eu me toque, não sinto nada. Imagens persistentes me atormentam: às vezes Daniel me possuindo com força, outras vezes Nabile, perturbado e chorando. Faz meses que não faço amor. É incrível como nos acostumamos, embora de vez em quando um desejo louco surja e nos perturbe.

Decidi ir para a cama com Ali. Pensei que, no fim, um casamento por conveniência poderia suceder a um casamento por amor. Nossos avós nem se conheciam antes da noite de núpcias; você pode imaginar uma mulher esperando a chegada de um desconhecido que a desvirginará e se tornará seu homem por toda a vida? Ou um homem imaginando que a mulher escolhida por sua mãe é linda e acabar se deparando com alguém sem charme, com quem terá que passar o resto da vida? Tudo mudou com nossa geração. Hoje, as pessoas se conhecem, conversam, seduzem, dormem juntas e depois decidem ir além ou não.

Quando entrei no quarto de Ali, a primeira coisa que notei foi uma caixa de Viagra. Esse homem, que já não é tão jovem, não tem mais energia para fazer amor sem a ajuda de um pequeno comprimido azul. Quando meus olhos pousaram na caixa, ele disse:

– Preciso confessar que tive alguns problemas com a próstata. A coisa não vai muito bem nesse aspecto, mas estou me tratando. Fiz a chamada "escolha de François Mitterrand": entre a cirurgia com uma possível cura, mas sem sexo, e os medicamentos que não perturbam minha sexualidade, escolhi os últimos.

– E Mitterrand, o que ele escolheu?

– Qualquer coisa, contanto que pudesse continuar fazendo sexo! Ele morreu, mas aproveitou bem a vida. Acabamos descobrindo que ele tinha, além da amante oficial, um caso com uma estudante de vinte anos!

A conversa acabou com minha vontade, que já não era grande, de dormir com Ali. Ele insistiu. Foi um fiasco. Ele trêmulo, eu tensa. Nada era simples. Eu estava obcecada com meus dois homens, e ele, preocupado com a ereção que não vinha. Impossível me penetrar. Éramos patéticos. Nunca pensei que chegaria a um nível tão baixo... Mais tarde, no banheiro, me olhei longamente no espelho. Os seios caídos. Eu tinha mudado.

Me vesti e, para não o constranger, disse que era normal, afinal ainda não nos conhecíamos tão bem. Quando saí, ele murmurou:

– Você me daria uma segunda chance?

– Veremos.

Não me sinto bem. Minhas angústias voltaram e me recuso a tomar remédios. Só o trabalho pode me salvar. Comecei a revisar as contas para a declaração de impostos. Essa tarefa tediosa me ajuda a esquecer. À noite, faço as tarefas com as crianças, passo um tempo com Najat, que está cada vez mais esperta. Eles me fazem companhia até a hora de dormir. Outro dia, liguei para Kenza: ela estava furiosa, a namorada a deixara por outra. Ela não chorava, mas reclamava de tudo, depois voltou a ser sensata:

– É normal, a garota tem vinte anos, eu sou quinze anos mais velha! Comigo, ela descobriu que preferia mulheres. Mas suspeito que tenha caído nos braços de um cara, tipo o seu Daniel. Ela me disse que era uma amiga da escola, mas não acredito. A homossexualidade dela é frágil; não me surpreenderia se um dia ela anunciasse um grande casamento com um homem de boa família que não sabe nada sobre a verdadeira vida dela. Preciso esquecê-la. Para isso, nada melhor que uma boa paquera. Mas onde? Em Casablanca, não há nenhum clube gay... Só aplicativos de iPhone, dos quais desconfio.

À noite, saímos. Nos bares, os homens nos olhavam como se fôssemos prostitutas. Kenza os provocava mostrando o dedo médio. Eu tentava contê-la, mas ela não se importava. Seus olhos eram como radares.

– Está vendo a morena de cabelos compridos? Vou ficar com ela.

– Mas ela está acompanhada...

– Sim, mas ela respondeu quando fiz um sinal para ela. Você não imagina a quantidade de mulheres casadas que se permitem uma pequena aventura com uma lésbica convicta. Elas adoram, desde que ninguém saiba.

Ao sair, elas trocaram seus números de celular. Fiquei impressionada.

Kenza me contou, mais tarde, que Soumaya era "boa de cama", mas que era casada e valorizava sua pequena família. Ela se considerava "bi", mas mantinha as aparências. Pela primeira vez desde que nos conhecemos, Kenza sugeriu que eu tentasse com uma mulher. Isso não me atrai de jeito nenhum.

Me matriculei na academia. As burguesas chegam com suas garrafas de água mineral, algumas com Evian – passa uma imagem de elegância e riqueza, porque importada. Ridículo. Contratei um treinador, chamado Antar, nome de um herói mítico. Seu corpo é esculpido em bronze, ele tem olhos azuis e é extremamente flexível. Desde o primeiro dia, soube que ele era o que eu precisava para relaxar e sair dessa tensão constante que me dá dor de cabeça. Eu o vejo por uma hora, a cada dois dias. Isso tem me feito um grande bem. Ele trabalha com precisão e conhece perfeitamente o corpo feminino. Ele me passa exercícios para me tornar mais flexível, trabalha meu equilíbrio e me ajuda a recuperar a confiança em meus movimentos. Antar é um milagre, falo dele o tempo todo para as pessoas. Uma amiga me alertou:

– Cuidado para não se apaixonar por ele, ele é um colecionador. Se você demonstrar o menor interesse, estará perdida!

Claro que eu não repetiria a história de Daniel, Antar é reservado, silencioso e trabalha bem. Suas aulas são melhores que uma sessão no psiquiatra ou no psicanalista. Aliás, nossa cultura resiste ao discurso analítico: para muitos marroquinos, ser acompanhado por um psicanalista é ser louco, e a doença mental é muito malvista. Eu não tenho preconceitos, mas prefiro fazer exercícios a deitar em um divã.

Faz algum tempo que durmo melhor. Tenho menos pesadelos. Aprendi a meditar antes de ir para a cama. A meditação me cura aos poucos. Afogo a angústia no silêncio, na brancura do espaço que invento. Me retiro do mundo e me concentro na respiração. Eu já tinha aprendido a fazer isso nas aulas de yoga, alguns anos atrás.

Resta o problema do desejo. Ele me preocupa. Não sou uma ninfomaníaca, mas gosto do amor, gosto de fazer amor. Ser privada disso é algo que não suporto.

2

Ali voltou à carga. Ele me convidou para almoçar em um excelente restaurante no centro da cidade. Ele foi delicado, atencioso, tentou defender sua causa. No final da refeição, ele me contou sua história:

"Minha esposa, Ibtissam, mais jovem do que eu, escolheu ser dona de casa, cercada de empregados domésticos. Nosso primeiro desentendimento veio do fato de ela se recusar a trabalhar: ela tinha uma licenciatura em letras modernas e poderia ter aceitado um cargo de professora na escola, mas não quis. O segundo desentendimento foi mais sério: depois de muitas tentativas, constatamos que não podíamos ter filhos. Incompatibilidade biológica. Os médicos nos disseram: 'Vocês não são estéreis, mas no momento, não está acontecendo'. Um dia, Ibtissam me anunciou que estava grávida. Ficamos muito felizes, mas logo depois ela me revelou que eu não era o pai. Eu não podia ficar com uma mulher que tinha ido fazer um filho com outra pessoa! Não fiz escândalo, peguei minhas coisas e me mudei para o apartamento que você conhece. Nos divorciamos de forma amigável, não tentei culpá-la. Ela teve coragem de confessar tudo rapidamente. Aliás, ela se casou com o homem que a engravidou. Acho que ela está bem, que está feliz.

"De minha parte, adotei uma vida de solteiro casablanquense. Aventuras sem compromisso com jovens mulheres de todos os tipos. Com um amigo de infância, também divorciado, organizávamos noites agradáveis; com o tempo, tornou-se cansativo e desinteressante. Eu sonhava em me apaixonar. Foi um documentário sobre as filmagens de *O poderoso chefão*, de Francis Ford Coppola, que me fez perceber isso. Durante uma pausa entre duas cenas, Marlon Brando conversa com James Caan:

"– Diga, Marlon, somos famosos, ricos, temos uma profissão maravilhosa e não somos felizes. O que nos falta?

"Após um momento de reflexão, Brando responde:

"– O que nos falta, pelo menos o que me falta, é estar apaixonado. É o que me mantém vivo.

"Isso me marcou. Uma vida sem amor é uma vida morna, nem boa nem má. Uma vida sem amor apaga um ser humano. Dormir com mulheres é uma coisa, escolher uma e ficar com ela porque há algo mais do que sexo é outra coisa. Dei um fim às noites regadas a álcool e aos encontros sem interesse. Acabei de completar 58 anos. Eu não podia continuar com essa vida de merda – perdoe-me a palavra, mas eu não me orgulhava, aos poucos perdia toda a minha autoestima. Além disso, tive problemas de saúde, o que não ajudou nada para diminuir minhas angústias."

Ao ouvi-lo, me perguntei se poderia considerar viver com ele. Ele não era desagradável, tinha uma certa classe. Ele pegou minha mão, levou-a aos lábios e a beijou.

– Se você me quiser, serei o homem mais feliz do mundo; conheço-a há muito tempo, sempre tive uma queda por você, mas você se casou muito cedo, muito jovem. Não me responda agora. Leve o tempo que quiser. Juntos, preencheremos um "manual de encantos", o que outros chamam de "manual de encargos", e tentaremos viver com respeito. Será algo inédito no Marrocos...

O fato de sermos primos me incomodava um pouco; mas como não se tratava de ter filhos, não era tão grave. À noite, pensei nele, em suas palavras, em seus gestos delicados, em seus silêncios. Eu não estava apaixonada, não, não foi um amor à primeira vista como Daniel, nem um primeiro amor como Nabile. Decidi esperar. Eu veria se ainda pensava nele dali a algumas semanas. Casar com ele seria uma solução confortável e sem grandes riscos.

Falei com Kenza, que se acalmara desde a última vez:

– Ah, a sensatez! Existe o amor louco e cego, o amor racional e, por fim, o amor sensato, que acontece ou não... É uma aposta. Por que não? Pelo menos haverá um homem em sua vida, você não vai mais dormir sozinha nessa cama enorme, sem carinho, sem carícias. Mas há um ponto importante: ele precisa aceitar seus filhos, sem isso não será possível.

Também falei com meu pai, que, como sempre, me devolveu a responsabilidade:

– Conheço Ali, ele é um bom sujeito. Não teve sorte no casamento. Seu tio teria ficado muito contente em saber que vocês estão juntos, se ainda estivesse neste mundo.

Minha mãe se mostrou mais reticente:

– Ele é mais velho que você; além disso, não é bom se casar com alguém da família, gera crianças com problemas.

Quando eu disse que ele não podia ter filhos, ela fez um comentário que me deixou sem palavras:

– Então por que ele quer se casar?

Não insisti. O alcance do pensamento de minha mãe é limitado. Mesmo tendo frequentado a universidade, ela ainda tem algo da mãe tradicional analfabeta. Meu pai é o oposto.

Em meu foro íntimo, eu pensava que Ali me ajudaria a me livrar dos dois homens que assombravam meus pensamentos. Aceitei sua proposta depois de discutir com ele sobre o lugar das crianças, minha liberdade de ação no trabalho, minhas viagens – enfim, minha independência.

– É isso que admiro em você, seu dinamismo, suas ambições, sua vontade de sempre seguir em frente, sua liberdade. Não pedirei que me dê satisfações, mas viveremos com respeito, isso é fundamental para mim. Quanto às suas crianças, eu as amo, eu as vi nascer; nenhum problema nesse sentido.

Nesse ponto, Ali era perfeito. Eu veria no dia a dia se essa impressão se confirmaria, mas, por enquanto, senti que estava sendo sincero. Também perguntei sobre o sexo. Obviamente, Ali não era um Apolo, e tampouco estava obcecado pelo assunto. Guardei comigo minha pequena caixa de instrumentos eróticos, nunca se sabe. Foi Daniel, depois de uma de suas viagens, quem me deu esses objetos mágicos; ele me disse, rindo:

– Experimente quando sentir minha falta!

Retrospectivamente, a piada é amarga. Mas uma noite, depois da separação de Nabile, eu os usei. Foi fantástico. No Marrocos, não se fala sobre esse tipo de coisa. No entanto, quando contei a Kenza, ela acrescentou:

– Você usa *sextoys*? Uau! Essa é nova! Eu, querida, sempre tenho meu arsenal comigo. Nós, mulheres, recorremos a esse tipo de objeto, eles nos ajudam a atingir o orgasmo. Não precisamos mais dos homens! Ah, a propósito, você vê comigo *Os monólogos da vagina*, adaptado para o árabe marroquino? Está em cartaz em um pequeno teatro, protegido pela polícia, porque os islamistas, e não só eles, tentam proibir essa peça que já foi encenada em todo o mundo.

É preciso dizer que ouvir palavras sexuais em árabe causa um efeito particularmente incômodo e perturbador. Não costumamos nomear as coisas. Fechamos os olhos, nos entregamos ao prazer em silêncio e manifestamos nossa alegria quando satisfeitos, e só. Não contei a ninguém que tinha visto essa peça, cujo nome sequer ouso pronunciar. O pudor nos sufoca. Existem coisas que não se diz, que não se mostra, sobre as quais não se fala.

3

O casamento aconteceu em família, sem alarde. Um almoço, seguido por uma assinatura em uma certidão redigida por *adouls*. Ousei pedir que acrescentassem: "Recuso a poligamia e o repúdio". Um dos *adouls* me respondeu: "Está na nova Moudawana". Não exatamente, na verdade: a poligamia não é proibida; ela é permitida se a primeira esposa a aceitar. Quanto ao repúdio, é verdade que ele não existe mais. Ele foi substituído pelo divórcio conduzido por um advogado. De todo modo, os *adouls* não ficaram satisfeitos com minha insolência: é muito raro uma mulher lhes dirigir a palavra enquanto eles redigem o contrato de casamento.

Passamos a noite de núpcias na casa de Ali. Nos deitamos e ficamos em silêncio por um longo tempo, eu me esforçando para entrar nessa nova vida, ele provavelmente intimidado. Ele se aconchegou em mim e me acariciou. Sem pensar muito, me entreguei a ele.

A noite foi doce. Na manhã seguinte, ele pegou o computador e digitou "Amalfi" na barra de pesquisa. Eu não conhecia essa região do sul da Itália, mas colegas já tinham me falado sobre ela.

– Que tal uma semana em Amalfi, em um charmoso hotel onde se come muito bem? Acho que há um voo de

Casablanca para Nápoles na quarta-feira. De Nápoles, pegaremos um carro e em menos de uma hora estaremos em um pequeno paraíso!

Fiquei emocionada com sua gentileza. Eu precisava me organizar e avisar as crianças, bem como o pai delas. Yasmine foi a que teve mais dificuldade com o casamento; ela chorou. Mehdi, por sua vez, foi compreensivo, contanto que "Ali não mande em mim!". Nabile recebeu a notícia com aparente indiferença. Mesmo assim, me desejou boa sorte.

A viagem para a Itália foi muito agradável. Mas enquanto olhava para a paisagem, o mar de um azul sublime, eu pensava ora em Daniel, ora em Nabile. Eu não estava curada. Eu fazia força para não demonstrar nada. Eu precisava de tempo e de trabalho interno para esquecê-los. Contava com a presença de Ali para conseguir isso.

O hotel ficava no topo de um penhasco com vista para um pequeno porto de pesca. Fiquei comovida com a gentileza da recepção. Meu aniversário caiu no dia seguinte ao de nossa chegada: a equipe me presenteou com um buquê de flores e uma garrafa de prosecco. O tempo estava bom, passávamos o tempo entre a praia e o quarto. Visitamos o vilarejo, inclusive uma antiga fábrica de papel. Ali me cobriu de presentes. Tudo era maravilhoso, exceto minha máquina de lembranças interna, que o tempo todo projetava imagens do passado. Eu às vezes parecia estar em outro lugar, e Ali fazia um gesto para me trazer de volta. Eu não podia rejeitá-lo ou ficar mal-humorada. Quando olhava para ele, só via suas imperfeições físicas: sua barriga, seu peito flácido, seus músculos fracos, sua ligeira corcunda – em resumo, ele era um velho, um velho que não nem tinha sessenta anos e tentava voltar à vida, e contava comigo para ajudá-lo.

Ao voltarmos da viagem, me abri com ele e compartilhei minhas dúvidas. Eu não tinha nada a perder, precisava sair dessa situação. Ele tentou me tranquilizar: "Nosso amor virá, ele será mais sólido que as paixões tumultuadas". Ele me ouviu, fumando cigarro após cigarro.

– Não seja impaciente. Com o tempo, tudo entrará nos eixos. Não se trata de reacender um fogo adormecido, mas de se concentrar em nossa nova vida. Vamos nos mudar para uma casa que você poderá decorar como quiser. E como disse Woody Allen, "o segredo da harmonia conjugal é ter dois banheiros"! Cada um terá o seu. A casa será grande o suficiente para acomodar seus filhos, você terá todo o conforto que precisa. Você trabalhará menos e cuidará mais dos seus filhos. Acabei de receber uma herança inesperada e minha pequena fortuna cresceu: gostaria de dedicar esse dinheiro à nossa nova vida.

Em Casablanca, ainda existem algumas raras casas dos anos 30 em estilo art déco. Graças a seu trabalho, Ali teve a oportunidade de comprar uma que seria demolida. Restaurá-la me ocuparia, e talvez me libertasse de minhas obsessões. No momento da compra, Ali me avisou que a casa seria de nós dois, sinal de seu compromisso com nosso casamento.

Ali se organizou para não ir mais ao escritório de sexta a domingo. Três dias em que ele cuidava da casa comigo. Ele também levava as crianças ao cinema, ao circo ou para assistir espetáculos cômicos em turnê por Casablanca. Ele era paciente. E eu comecei a me apegar a ele. Nossos momentos íntimos também melhoravam; ele se tornava mais confiante e eu menos tensa.

Restaurar uma casa não é o mesmo que construí-la. Agora, eu lidava com artesãos que devolviam à mansão em ruínas todo o seu esplendor. Encontramos um artesão de

Fez que tinha sido um dos principais decoradores da Grande Mesquita Hassan II. Seu nome era Othmane e ele era muito habilidoso. Pedi a ele que respeitasse o estilo original, o que ele fez dando um toque andaluz à sala de estar e aos quartos. O resultado ficou original e bem-sucedido. Arquitetos amigos de Ali até pediram para visitar. A restauração da casa ajudou a restaurar em mim a vontade de viver na realidade e aceitar o conforto material e emocional que meu marido me oferecia.

VII

NABILE

1

Dois anos depois

Saïda e eu não temos dois banheiros, mas nos amamos com simplicidade, sem nos fazermos perguntas inúteis. Sua presença me basta. Saber que ela está a meu lado me tranquiliza, e o mesmo acontece com ela. É uma felicidade simples e humilde, que não precisa ser anunciada aos quatro ventos.

Quando fico com as crianças, ela faz o máximo para atender seus pedidos. Ela cozinha tão bem quanto Khadija, mas as crianças gostam de tudo o que lembre fast-food, então um dia ela fez hambúrgueres e batatas fritas para eles: eles aplaudiram e a elegeram a melhor cozinheira de Casablanca. Conversamos muito com eles, e eu continuo, como bom educador, a explicar certos conceitos para eles. Se eu tivesse tempo, escreveria um manual de filosofia para crianças. A partir dos dez ou doze anos, elas são capazes de entender noções como direito, justiça, moral, ciúme, inveja, amor e amizade. Enquanto pai, eu as alertei sobre adultos que gostam de tocar em crianças – dizemos "pedófilo", mas deveríamos dizer "pedossexual" para designar aquele que pratica sexo com crianças, o que o torna um criminoso. Também expliquei o que é o incesto. Meus filhos me ouviram atentamente e responderam que a mãe deles já os havia alertado para ficarem atentos.

Levamos uma vida tranquila, onde o tédio aparece de vez em quando. Eu voltei a ler. No momento, estou lendo os clássicos, Balzac em primeiro lugar. Devo dizer que, depois de um dia tratando crianças que gritam de dor, fico cansado. Saïda também. Quando faço visitas domiciliares, às vezes paro em uma cafeteria para tomar um cappuccino e fumar um cigarro. Nossa vida não tem nada de extraordinário. Eu não tenho mais tempo de cultivar o ressentimento ou o ódio por minha ex-mulher. Frequentemente, ela tenta me contatar. Eu não respondo. Um dia, ela apareceu em meu consultório sem aviso, e eu me recusei a recebê-la. Ela também falou com Saïda, que a atendeu educadamente.

Uma rotina se estabeleceu, uma maldita rotina. Eu me culpo por isso. Normalmente, não deveríamos nos entediar. O trabalho ocupa a maior parte de nosso tempo. Mas eu preciso de ar, quero que algo saia dos trilhos, é curioso – o homem nunca está satisfeito. Saïda tem uma natureza triste, e também não está tranquila, ela sabe que Lamia ronda a meu redor. Ela suspeita, sem nada dizer, que eu não tenha me desligado completamente de minha primeira esposa.

Confesso que às vezes sinto saudade dos momentos de amor com Lamia. A paz no relacionamento é desejável, desde que não leve ao tédio. Depois de dois anos de vida em comum com Saïda, minha libido está baixa. O desejo se faz raro e, quando surge, não dura muito. No entanto, ela tem um corpo esguio, seios firmes. Mas sinto falta de alguma coisa. Digo a mim mesmo que estou me portando como uma criança mimada.

Outro dia, Saïda começou a chorar ao voltar para casa. Ela me acusou de não a desejar mais. Eu não soube o que responder, porque era verdade. Eu a consolei da melhor maneira que pude. Dormimos juntos e foi medíocre. Lembro de um artigo do humorista Topor em que ele dá cem razões para cometer suicídio. Entre elas: um coito medíocre. Eu deveria tomar uma dessas pílulas que ajudam, é o que farei da próxima vez.

Continuo me perguntando se o primeiro amor também é o último. É estúpida essa mania de querer reviver as primeiras emoções, de querer repetir a mesma cena como no teatro. Preciso trabalhar em mim mesmo para me desprender completamente de Lamia. Ela volta à carga, mesmo tendo se casado de novo. Tenho a sensação de que estamos em uma situação idêntica. O sentimento amoroso não desaparece com a substituição da pessoa amada. Saïda não pode trazer de volta seu primeiro amor, ela fez o luto. Eu, por outro lado, navego entre uma vidinha tranquila e uma nostalgia cruel.

Outro dia, enquanto meus pensamentos estavam voltados para Lamia, vi o nome dela aparecer em meu telefone. Hesitei, mas no quinto toque, atendi:

– Bom dia, Lamia.

– Sinto sua falta!

– Ah, é?

– Vamos nos ver e conversar.

– Mas falar sobre o quê? Bem, estou em consulta agora, ligo mais tarde.

Saïda flagrou nosso diálogo. Ela não disse nada, mas seu rosto se contraiu. Entre dois pacientes, tentei tranquilizá-la. Lágrimas escorreram por seu rosto. Prometi que não faria nada que pudesse prejudicá-la. Fui sincero. Mas diante de Lamia, perco minhas forças.

Uma prima de Saïda sugeriu que ela consultasse uma vidente com um dom excepcional. Eis o que ela disse: "Seu homem lhe pertence apenas pela metade; a outra metade está nas mãos de outra mulher. Vejo que ele não consegue juntar seu corpo à sua alma. Alguém muito forte está trabalhando para puxá-lo para o outro lado. Ele foi dominado por um espírito poderoso e obscuro. Espere. É uma questão de paciência. Não é culpa dele". Ela chorou ao me contar isso. Eu a acalmei, afirmando que a mulher estava enganada. Não devemos acreditar em charlatães.

Uma semana depois, cedi aos pedidos de Lamia. Eu falei sobre isso com Saïda. Mencionei problemas com as crianças, sobre os quais precisávamos discutir. Seria apenas um almoço, não havia nada a temer. Acho que ela acreditou em mim.

Lamia passou para me buscar no consultório. Fomos a um restaurante em La Corniche. Assim que nos sentamos de frente para o mar, ela começou a me fazer várias perguntas:

– Você sente minha falta? Você está feliz ou está fingindo? Pretende ter filhos? Como estão suas finanças? E seus amigos? E seus pais?

Fiquei constrangido e feliz ao mesmo tempo. Há algo nela que me perturba, apesar de tudo o que passamos juntos. Ela segurou minha mão e a beijou. Eu não pude resistir, fiz o mesmo. Ela é minha principal fraqueza. Pensei: "Que história! Impossível virar a página...".

Retirei minha mão e lembrei a ela que não podemos voltar atrás.

– Uma segunda chance, você não quer?

– Não, nós dois refizemos nossas vidas, não vamos machucar os outros para recomeçar um casamento que foi destruído por sua traição.

– Você fala como se não tivesse culpa de nada...

Me levantei, paguei a conta e chamei um táxi. Eu a deixei lá, sombria, diante de seu copo de Coca-Cola, o rosto voltado para o mar. Fiquei feliz por ter conseguido resistir. Preciso bloquear seu avanço. Ela é terrível.

2

Por honestidade, contei tudo a Saïda. Ela não reagiu imediatamente. À noite, ela me fez jurar que não veria mais Lamia. Eu jurei, sabendo muito bem que seria impossível, por causa das crianças.

– Prometo que nunca mais a verei sozinho.

Não quero machucar Saïda; ela merece que eu a ame e a coloque acima de todo o resto. Estou tentando.

Tiramos alguns dias de férias em Marrakech. Visitamos os arredores e falamos sobre o futuro. De volta a Casablanca, encontrei uma carta de Lamia:

Nabile, meu amor,

Eu não queria perturbar sua vida, causar problemas, porque sei que você é feliz com sua nova esposa. Eu só queria dizer que meu amor por você ainda vive, sobrevive em tudo que faço, em tudo que empreendo. Sempre que preciso tomar uma decisão, me pergunto o que você pensaria. Você está aqui, uma presença acompanhada de uma ausência física. Sua imagem surge com frequência, de dia e de noite, e não sei o que fazer. Acredito que me libertei da loucura que foi criada em mim pelo outro, que não mencionarei. Acho até que o esqueci. Mas você, que me amou sem acender grandes paixões, não consigo apagá-lo de minha memória.

Isso parece uma declaração de amor, sim, como uma adolescente, faço uma declaração de amor esperando que ela o traga de volta para mim. Eu sei, é complicado. Nessa história, de ambos os lados, nós nos comprometemos. Meu marido é bom, ele é bom como um padeiro que faz bem seu trabalho, que faz pães todas as manhãs para todo mundo. Penso, talvez como você, no filme que vimos juntos, A mulher do padeiro, de Marcel Pagnol, em que Raimu, o padeiro da cidade, cuja esposa foi embora com outro, começa a falar com sua gata, Pomponette, que havia sumido e voltado quando sua tristeza se tornara imensa. Acredito que foi o que aconteceu conosco. Sem falar em Aurélie, a jovem e bela esposa do bom homem, todos entendem sua dor, e as lágrimas da mulher ao voltar nos comovem muito.

Você não vê minhas lágrimas. No entanto, eu choro bastante, longe das crianças. Choro pelo meu destino, por minhas fraquezas, por minhas pretensões, por minha vida. A vida, você diria, não é um filme. No entanto, um filme lançado em 1938 e visto em um velho cinema em uma tarde de inverno surgiu em minha memória ecoando a realidade. Eu voltei. Mas você não me viu. Você não quis me ver.

Eu sei que você é um homem de palavra. Sei que não deixará sua nova esposa. Sei que está fazendo tudo para me esquecer, nos esquecer. Mas o que peço é uma pequena saída da estrada, uma escapada por algumas horas de vez em quando – clandestinamente, porque não temos o direito de machucar nossos respectivos cônjuges.

Como? Quando? Diga primeiro se você concorda, se se sente capaz de reviver esse primeiro amor de tempos *em tempos. Diga se minha proposta não o assusta – mesmo que o coloque em apuros e, conhecendo você, você já deve estar contrariado e amaldiçoando esse vínculo que não quer morrer.*

O passado foi arruinado por nossos defeitos, por minha traição, por sua dor. Esqueçamos. Guardemos, do que vivemos, os dias maravilhosos de boa convivência, alegria, prazer e loucura.

Construímos uma casa juntos. Hoje, ela perdeu grande parte de sua alma. Não vivo mais nela, ela foi feita para acolher uma família unida e feliz. Eu não a amo mais. Eu a negligencio. Felizmente, Khadija cuida dela. Ela tira o pó dos objetos, limpa todos os cantos, parece estar à espera de sua volta, como se tudo fosse recomeçar. Ela suspira e me lança olhares cheios de reprovação. As crianças também. Estou cada vez mais presente ao lado delas, e elas vivem comigo na casa de meu marido, a quem respeitam, nada mais.

Meu pai sugeriu que eu vendesse a casa. Mas isso significaria vender minhas lembranças mais antigas e bonitas. No mercado, ela não vale muito. Como diz a música de Léo Ferré, "compre-me, eu não valho nada, porque o amor não tem preço". Cito de memória, mas sempre amei a ideia de que o essencial, o amor, não se compra nem se vende.

Meu querido Nabile, não vou cantar "Ne me quitte pas". Você sabe que nunca gostei dessa música, apesar de sua beleza, porque não quero ser "a sombra de sua sombra, a sombra de sua mão, a sombra de seu cachorro". E o pior de tudo é que eu é que estou por trás de nosso rompimento. Eu lhe disse uma frase terrível: "Ele me deixou... e eu vou deixar você". Você não sabia do que eu estava falando, você ficou chocado, abalado, consternado.

Aqui estou eu hoje, não de joelhos como o homem apaixonado de Brel, mas com os olhos baixos, vindo, por esta carta, pedir um pouco de espaço em sua vida, um pouco de tempo, para que possamos nos encontrar sem compromissos – para nos vermos, simplesmente porque nós nos amávamos tanto. Outro título de filme! Mas se, para concluir, eu tivesse que me referir a um filme, escolheria o final da obra-prima de Ingmar Bergman, Cenas de um casamento, *em que os dois cônjuges se encontram clandestinamente para se amar de novo e de novo. É também o final de uma série americana, em que, como eu, é a mulher que deixa o marido: no fim, eles se reencontram no local de seu primeiro amor, em uma velha casa que não lhes pertence mais e onde eles se amam como no primeiro dia.*

Meu querido Nabile, não jogue fora esta carta. Ela é importante para mim. Eu a escrevi com minha tristeza e meu arrependimento.

Sua,
Lamia.

Devo admitir: esta carta, lida e relida, me comoveu. Não sei o que responder. Vou refletir. Se eu fizer o que ela pede, terei que mentir, o que não é de meu feitio, terei que me tornar outra pessoa. Mas essa carta despertou sentimentos. Estou dividido e não posso demonstrar nada. Vou esconder a carta em um lugar seguro, talvez na casa de minha mãe. Saïda não ficará sabendo de nada.

Sou um homem contraditório. Essa carta me deixa feliz e com raiva. Com raiva de Lamia, que não desiste. Com raiva porque ela deve ter percebido que meu amor não desapareceu completamente. Preciso proteger Saïda. Por enquanto, não farei nada, não vou responder a Lamia, vou esperar.

3

A oportunidade de dar uma "escapada", como Lamia havia escrito, se apresentou quando Saïda me anunciou que acompanharia seus pais na Umra, a pequena peregrinação a Meca que dura cerca de quinze dias. Ela pagou as passagens de avião com suas próprias economias. Quando eu soube disso, assinei um cheque e disse a ela:

– Esta é minha contribuição para que eles realizem esse sonho. E para o consultório? Você pensou em contratar uma substituta?

– Sim, já organizei tudo, uma amiga, excelente enfermeira, vai tirar férias para me substituir. Ela não é jovem nem bonita, mas é confiável e eficiente. Duas semanas de distância nos farão bem. Aliás, sempre deveríamos nos dar uma ou duas semanas de férias longe um do outro para fortalecer nosso vínculo, foi você quem me explicou essa teoria sobre a felicidade conjugal.

– Vai ser difícil, mas o que posso fazer, respeito sua escolha. Além disso, seus pais são muito amáveis comigo. Precisa de alguma coisa?

O cheque estava em cima da mesa, ela hesitou antes de aceitar.

Fui sincero e um pouco hipócrita, parecia estar me preparando para desempenhar um papel. Eu era capaz de levar uma vida dupla, mesmo sabendo que seria cansativo, perigoso e arriscado. Estava atormentado pela ideia de rever Lamia. Não era correto nem moral. Mas sou fraco, tenho que admitir. Lamia está tirando proveito disso. A consciência pesada está me rondando. Assim são as coisas. Aprendi a mentir, a fingir, a agir como a maioria das pessoas, o que não me agrada, mas é mais forte do que eu. Se eu acreditasse em bruxaria, diria que Lamia me lançou um feitiço com a ajuda de um desses charlatães que atuam na entrada da Joutia. Mas certos sentimentos nunca se apagam.

Eu planejava me contentar com uma única escapada com Lamia. Apenas uma vez, para ver. Para colocar meus sentimentos à prova. Às vezes, fazemos um grande alarde e, quando confrontados com a realidade, a decepção apaga todas as chamas. Eu dizia para mim mesmo: "Só uma vez! Eu juro, cumprirei minha promessa, juro...". Por que eu precisava me convencer de que não cairia nas armadilhas de Lamia? Eu estava agindo como um bandido prestes a cometer seu primeiro crime. Eu trairia a mulher que me amava e que não merecia minha infidelidade.

Assim que Saïda embarcou no avião, enviei uma mensagem para Lamia:

– Quando e onde?

Ela não respondeu imediatamente. Eu estava impaciente. Ela devia estar feliz de ver seu plano dando certo. Eu, no entanto, jurava a mim mesmo que seria uma única vez. Seria um confronto, talvez um acerto de contas, ou apenas um encontro marcado pela nostalgia. De qualquer forma, eu iria.

Depois de um longo dia, ela me respondeu:

– Em nossa casa, a que construímos, não há ninguém. Venha na sexta-feira, é o dia de folga de Khadija e de Lahcen. As crianças estão na casa dos meus pais. Estaremos sozinhos. Meu marido tem uma reunião de notários em Marrakech. Mas não chame a atenção, entre pela porta dos fundos, a do jardim, eu estarei esperando em nosso antigo quarto, onde ninguém mais dorme.

Ela tinha planejado tudo. Reconheci a estrategista, a mulher determinada a conseguir o que queria.

Minha impaciência se misturava a um sentimento estranho, entre a culpa pelo pecado moral e a excitação. Em circunstâncias normais, eu teria recusado o convite. Mas uma parte desse primeiro amor ainda não havia desaparecido. Restavam vestígios, um perfume, algo persistente e incontrolável. Eu não podia falar com ninguém sobre isso, qualquer pessoa me dissuadiria de voltar a essa engrenagem. Eu sabia que estava errado, minha consciência me suplicava para não ir, a voz suave de Saïda me implorava para não ser traída. A noite de quinta para sexta-feira foi povoada de sonhos inacabados e pesadelos realistas, eu me sentia sufocar. Eu me sentia culpado por me colocar nesse estado. Deveria ter sido firme e não ter respondido a Lamia. Me faltavam forças. Eu não conseguia parar de me dizer: "Você é o que pode ser". Sim, sou o que posso ser, e não posso ser muito. Um homem fraco incapaz de se manter firme e inabalável. Não me mantenho ereto, tenho tendência a andar curvado: a atitude dos covardes.

Na sexta-feira, trabalhei o dia todo. Não parei nem para comer. Eu só pensava no momento em que estaria diante de Lamia. Às dezoito horas, fechei o consultório e fui para casa tomar banho, trocar de roupa e me preparar para voltar à minha antiga casa como um ladrão, cheio de vergonha e medo. Lá estavam as coisas de Saïda, o perfume de Saïda, a sombra de Saïda. Fechei os olhos para não ver nada.

Por volta das dezenove horas, empurrei a porta do jardim, que estava aberta, e caminhei entre as árvores como um estranho, um fugitivo, um ladrão em busca de refúgio em uma bela casa abandonada. O jardim estava um pouco negligenciado, os arbustos e plantas não estavam podados. Me esgueirei como um animal acossado. Eu transpirava, apesar de não estar quente. Eu encorajava a mim mesmo repetindo que apenas reencontraria minha ex-mulher. Sim, mas ela não era mais a minha esposa, e eu não era mais o seu marido. Tudo tinha mudado, e eu estava prestes a cometer um erro, um terrível erro. Se eu fosse religioso, teria orado e pedido a Deus que me perdoasse, mas eu só tinha minha moral, minha fragilidade e minha fraqueza.

Eu caminhava quase na ponta dos pés, e uma voz não parava de me dizer: "Cuidado, você vai se arrepender, o que está prestes a fazer é errado, ainda pode voltar atrás e ficar em paz consigo mesmo...". Outra voz lhe sucedia, com a mesma entonação de Hakim: "Vá, meu velho, aproveite essa oportunidade para saciar um desejo oculto que você não ousava satisfazer; deixe a moral de lado, vá, não se esqueça de que o primeiro amor costuma ser o último, passamos a vida procurando por ele, agora você tem a oportunidade de testá-lo, de ver se seu sentimento amoroso ainda está vivo ou se desapareceu e passou para a doce Saïda".

Lamia me esperava na porta, vestida com uma blusa azul-celeste transparente, como quem já havia preparado tudo. Ela abriu os braços e me abraçou com força. Deixei acontecer. Eu a segui até o quarto, onde queimava um incenso que me lembrou o que costumávamos usar quando fazíamos amor. Ela me despiu, me beijou com uma paixão que eu não conhecia. Eu estava em seus braços, perdido. Sentia calor, não pensava em mais nada. Coloquei a língua em sua vagina, algo que não fazia na época de nosso casamento. Ela segurava minha cabeça com as mãos e me incentivava a continuar. Eu bebia seu suco, seu desejo, sua loucura. Me senti poderoso, física e mentalmente. Ela gozou com um grito alto. Ela nunca havia gritado tão alto. Tive a impressão de que tudo era novo. Então a penetrei com calma e não tive pressa, até que tivemos um orgasmo simultâneo. Ela me mostrou novas posições, provavelmente aprendidas com o maldito amante. Ela me dizia coisas inauditas em árabe, o que era particularmente excitante. Ela repetia: "Me foda!". Essa ordem em árabe tem algo de terrível. Era a primeira vez que Lamia falava assim comigo, ela repetia essas palavras até me deixar louco. A língua árabe, nossa língua materna, de tabu, tinha se tornado uma língua erótica que nos transcendia e nos enchia de prazer.

Fiquei deitado sobre o corpo dela por um bom tempo. Acho até que cochilei. Ela não se soltou de meu abraço. Vi lágrimas escorrendo por suas bochechas. Esse amor físico, com sua intensidade, calor, poder, foi uma revelação para mim. Quando éramos jovens amantes, fazíamos amor de forma contida, e não me lembro de momentos tão grandiosos. Será que deveríamos falar sobre isso? Não, não era necessário. Eu lia em seu rosto emocionado uma satisfação mesclada com arrependimentos.

Depois, ela preparou um jantar frio acompanhado de um bom vinho. Jantamos no quarto. Mal nos olhávamos. Um certo pudor se instalara depois do amor. A língua francesa salpicada de árabe voltara entre nós – falávamos como a maioria dos marroquinos, com palavras árabes afrancesadas ou palavras francesas arabizadas. Uma língua estranha. Ela abriu a garrafa de Bordeaux, encheu nossas taças e brindamos.

– Obrigada, Nabile.

– Obrigada pelo quê?

– Por este momento mágico que acabamos de viver.

Eu não soube o que responder. Baixei os olhos e beijei seus seios magníficos. Eles continuavam naturais, ela nunca fez cirurgia, ao contrário da maioria de suas amigas, que fizeram plásticas nos seios, nas nádegas, nos lábios.

– Você está feliz?

– Agora, aqui? Sim, muito.

– Não, em sua nova vida.

– Minha vida é banal. Ali é um bom homem, gentil comigo e com as crianças. Levamos uma vida tranquila e sem surpresas. Ele não pede mais nada. A verdade é que me entedio com ele, mas não quero que ele perceba. Amor? Não fazemos amor com frequência. Tenho a impressão de que não o interessa muito. No começo, tentei introduzir algumas fantasias eróticas, mas não obtive reação.

– Por que fica com ele?

– Já causei bastante dor a meu redor. Agora me acomodei, como se diz. Ele é um bom marido, atencioso, também é um bom pai. As crianças gostam dele, e isso é o mais importante para mim. Mas meu amor, meu primeiro amor, meu único amor, é você, bobo!

Ela riu. Nós bebemos e depois comemos torradas com salmão defumado e *tarama*. Ela sabia que eu gostava disso. Depois de um momento de silêncio, ela continuou:

– E você?

– Eu o quê?

– Sua nova vida...

– Igual à sua. Saïda foi de grande ajuda para mim. Ela me acolheu quando terminamos e me recompôs. Sim, devo minha sobrevivência a ela. Você não faz ideia do mal que me causou. Ela me juntou, costurou os pedaços e me devolveu a vontade de viver. Ela sabia que eu não estava apaixonado por ela quando a pedi em casamento. Fizemos um casamento por conveniência, esperando que ele se transformasse em um casamento por amor.

– E então, aconteceu?

– Para ser honesto, estava começando, quando você reapareceu. Mas você acha que eu teria vindo aqui hoje se estivesse profundamente apaixonado por Saïda? Ela foi minha tábua de salvação, um anjo que olhou para mim e me salvou. Você se lembra do filme de Wim Wenders, *Asas do desejo*? Foi mais ou menos assim. Ela colocou a mão sobre meu ombro e me afastou suavemente do inferno.

– Do inferno? Mas que inferno?

– O inferno que você me fez viver com seu cinismo e sua violência!

– Eu? Isso não é verdade... A situação era terrível para nós dois.

– Escute, não vamos voltar a isso. Acabamos de viver um lindo momento, deixemos assim.

– Você está certo, você está sempre certo. Me sirva um pouco de vinho. Você sabia que parei de beber? Tenho um estilo de vida muito equilibrado – sem álcool, sem cigarro, ginástica e yoga. Não engordei um grama. Você viu, meu corpo não mudou...

Quando ela tirou a blusa, notei um roxo em seu pescoço.

– Quem a mordeu?

– Meu marido! Ele adora me beijar aqui, gosta de morder meu pescoço, isso o excita. Eu deixo. Ele é tão gentil.

– E você gosta disso? Eu não sabia.

– Agora sabe! E se você mordesse o outro lado do meu pescoço?

Eu a abracei, coloquei minha cabeça em seu ombro, acariciando suas costas e sua longa cabeleira, sabendo que seria a última vez que acariciaria aquele corpo magnífico. Nos beijamos. Ela me empurrou para a cama, onde me cavalgou com fervor, embora eu estivesse menos duro do que antes. Eu a observava, seus olhos fechados, seu vaivém ritmado, suas mãos segurando meus ombros, e eu a segurando pela cintura. Ela fazia amor comigo como se fosse a última vez. Eu tinha certeza de que nosso amor havia chegado ao fim, em uma apoteose e uma plenitude absolutas.

Um mês depois, Lamia me telefonou:

– Meus pais estão levando as crianças para Ifrane e meu marido vai junto. Eu não posso sair de Casablanca, estou esperando a visita de meus sócios espanhóis. Soube que sua esposa está levando a mãe para ver o marabuto Bouya Omar, perto de Marrakech: nós dois estamos livres, portanto. Ouça minha proposta – você pode recusar, mas seria uma pena... A casa de campo de meu tio está vazia. Eu passo para pegar você no domingo às oito horas, o que acha?

– Preciso pensar.

– Seu bobo! Precisa pensar para reencontrar o amor de sua vida?

Cedi por fraqueza, porque esse amor não quer se extinguir. Amo Saïda, mas a vontade de reencontrar Lamia é mais forte. Ao pensar em revê-la, tenho palpitações, me sinto um adolescente indo para o primeiro encontro. Estou possuído por essa mulher. Ela sabe disso e faz de mim o que quer. Não tenho como escapar.

– Leve o calção de banho, vamos nadar. Vou parar o carro na esquina, os vizinhos não precisam nos ver, eles podem fofocar.

Quando entramos no chalé vertendo umidade, sentimos frio. Ficamos bem abraçados um ao outro:

– É tão bom ser solteiro por um dia! – ela disse.

– Sim, não aprendemos nada com nossas almas, nem de dia nem de noite. É louco como esse amor proibido incendeia meu corpo e minha alma.

– É o efeito da clandestinidade; acho você melhor como amante do que como marido. O ar da manhã está fresco, o céu está límpido e nossa felicidade pode fazer uma pausa nesse chalé, onde estaremos bem apesar da umidade e do frio.

– Um doce e reconfortante parêntese.

– É tão bom, me abrace com força. Não vamos mudar nada.

Paris–Tânger
Novembro de 2021 - janeiro de 2023.

lepmeditores

www.lpm.com.br
o site que conta tudo

Impresso na Gráfica COAN
Tubarão, SC, Brasil
2024